瞬間

黎翠華　著

匯智出版

責任編輯：羅國洪
封面設計：洪清淇

書　　名：瞬間
作　　者：黎翠華
出　　版：匯智出版有限公司
香港九龍尖沙咀赫德道二A
首邦行八樓八〇三室
電話：二三九〇〇六〇五
傳真：二一四二三一六一
網址：http://www.ip.com.hk
發　　行：香港聯合書刊物流有限公司
香港新界大埔汀麗路三十六號
中華商務印刷大廈三字樓
電話：二一五〇二一〇〇
傳真：二四〇七三〇六二
印　　刷：陽光（彩美）印刷有限公司
版　　次：二〇一八年十二月初版
國際書號：978-988-78987-5-7

自序

喜歡閱讀，不為甚麼理由，只因通過閱讀我能得着一些在現實生活中得不到的東西。喜歡寫作，也不為甚麼理由，只因寫作成了生活的一部分之後，能讓我看到不一樣的生活。多年來寫寫讀讀，漸漸成了一種生活方式。離家遠行我也計劃讀甚麼書，配合當時所思所想，否則總覺不完整，晚上回到酒店尤其難過，彷彿是一個失敗的旅程。鍾愛的書我會一讀再讀，有些書過目即忘，或僅留下些模糊的印象，似乎白讀了。享受與書共處的時光，就像旅途上靠着車窗看風景：滿山滿谷的天光雲影溜過，街上的人走過，一頁一頁的書翻過，某些片段留在心上，某些隨着風的吹拂而消逝。

這本小書是近幾年的練習，一部分是編輯們的約稿，一部分是隨行隨寫的旅遊紀錄。寫的時候並非刻意設計，重讀時卻發現每篇都描述不同的地方，又不多不少的滲雜了一些「過去」。情景跟歷史或回憶糅合在一起，複雜的組合，尋找時間和空間的交錯點，這個寫法對我個人來說倒是新鮮的。固然，景隨心生，不知不覺時日把我推到一個百味紛陳的點上，種種感覺積累下來，像一座擺滿雜物的房子。我既想把內在的存有和眼前的風光理出一個秩序，又怕錯過了其中的來龍去脈，於是筆下多了不少「從前」。如果說這是懷舊，那舊，亦早成了一切的背景。我隨心情調動，把背景虛了或實了，讓主題更清晰；或許，所謂主題，也不過為了帶出一個畫面，背景與前景原就是一個整體，兩者又何能分開？

〈瞬間〉是本書的其中一篇，以此作為集子的名字，故有蘇軾在〈前赤壁賦〉所言「自其變者而觀之，則天地曾不能以一瞬」的況味，暗合我的心情；亦借用了現代新聞攝影之父布列松（Henri CARTIER-BRESSON，他是The decisive moment的創立者與實踐者）的部分書名。他的作品為世人熟悉，一個鏡頭就展開了一個時代、一段人生。他通過獵人式的抓拍手段，在幾分之一秒的瞬間，把人世風景轉化為強而有力的視覺構圖，被攝物的形式和內容在這刻水乳交融，達到極其動人的頂點。這當然是我無限崇仰的境界，相對於他，我的只是尚欠熔鍊的餖飣。我尤其以他的名言為戒尺：「無論作品的畫面多麼輝煌，技術多麼到位，如果它遠離了愛，遠離了對人類的理解，對人類命運的認知，那都不是一件成功的作品。」借用書名，希望能多體會他那「決定性的瞬間」的微妙，亦藉此觀察事物，再而書寫；既是一個嘗試，也是向他致敬，同時審視人生和歷史的經緯線上的自己。

目錄

山上山下

不曉得甚麼原因，我覺得青山和屯門是兩個不同的地方。幾代人都居於港島區，近年父母搬到新界北，就像移民，得重新認識環境。為了更換回鄉證，我預約了屯門的中旅社，但誰也不知道怎麼去。問了人，等如沒問。我去過幾次屯門，總是相隔了若干時候，從不同的地點、乘搭不同的交通工具出發，無法從經驗中得出一個完整的面貌。雖然有人說：「讀書時期你沒去過青山旅行嗎？」我當然去過，但屯門不等如青山，這怎可能是我中小學時期的郊遊地點？最便捷的途徑，似乎是先去上水鐵路站，轉巴士到元朗，再改乘輕鐵到杯渡站。出門的時候，天文台報告有雨，但地面是乾的。我們到了上水，外面開始下雨。好不容易找到巴士站，只見一行雨傘花朵似的開在路邊，這麼多人，不知要等多久，就考慮找計程車。一個語調熱情的人告訴我們有直線小巴去屯門，於是我們就上了小巴。

小巴司機提醒我們下車，下車之後仍要問了三個人才找到中旅社。證件倒很快辦妥，回到街上，雨已停，卻感到事情仍未終結。大概好不容易才來到屯門，不甘心就這樣回家。沿路走去，發現一個很大的車站，連結着西鐵、輕鐵和巴士。大堂內看到路線圖，才知道，不少古蹟就在區內，於是忽發奇想，不如重遊青山寺。但怎麼去呢？如此著名的一個古寺，車站裏竟沒有任何介紹。找不到詢問處，只好問票務處的人。那人很年輕，或許他讀書時期已不作興去青山寺郊遊，竟瞪大了眼睛，好像一點都不知道有這麼一個地方，最後教我們去坐巴士。

就這樣，我們到了屯門碼頭。波濤洶湧的海面，重重急浪追逐低垂的烏雲，在天的盡頭糾纏。不知杯渡禪師當年是否在此登陸，但海邊肯定不是他隱居的地方。這回我們學乖了，向一個有點年紀的站長請教，果然，他語氣堅定的指示我們坐516

路輕鐵，在青山村下車，然後往山上走。我聽到「青山」這兩個字，直覺上就感到正確，立刻上車。

到站了，沒想到眼前的青山村只是一道窄小的石級，兩旁有些小屋。正思量該往哪個方向走，見幾個人拾級而下，趕忙問她們青山寺是否從這裏上去。她們興奮的回答：「去拜神嗎？往上走就是了。」以為要攀爬好一段山路，然而幾分鐘之後就抵達寬闊的路面。有一座廟宇，但不是青山寺，門樓下很多人在大聲講話，樂聲喧鬧，沒想到擾攘一番只找到這個地方。我們有點洩氣，考慮往回走還是看一眼，終於過去看一眼，心不誠意不正的逛了一圈，出門的時候竟然有人遞上贈品，原來是浴佛節。我們不好意思領受，卻又不好推辭，只見贈者笑得像尊菩薩，就恭敬的收下了，還厚着臉皮問人家青山寺該怎麼走。她好人做到底，指引我們出去轉左找第二個路口。

這時天上飄來幾片烏雲，但走到這一步，一路上麻煩了這許多人，好像特別為了青山寺而來的，能不上去嗎？站在路口，才知道，山是從這裏開始，一條斜道探進樹叢深處，望不見盡頭。我好久沒爬山，才一陣子就感到累，氣喘喘的，覺得手上提着的東西好重，見路旁有避雨亭，即使沒雨也進去了。坐下來漸明白，這個亭蓋得不高不低，位置剛剛好，讓一鼓作氣上山的人靜下來，衡量一下自己的能力，能再上嗎？還是回去？繼續走的話應該如何調整自我？那袋贈品好累贅，倒出來一看，原來是兩盒果汁，一小包餅乾，一本齋菜食譜。我想最簡單的方法，就是把東西吃掉，只拿着書，再上路的時候我們的步履輕快了許多。

奇怪的是，名山古寺，一路冷冷清清，而山下的新式廟宇卻香火鼎盛，難道信眾也貪圖交通方便？沿途沒有任何指示。「你曾經來過，應該認得路。」他說。多少年前的事了！我沒有絲毫印象。「你不是記憶力很好的嗎？」我的記憶都是從港島區開始的，而世界翻天覆地的變了，都成了上輩子的事了，怎記得？這時路心一隻黃狗懶懶的站起來，轉頭往山上走，好像嫌我們的腳步聲干擾了牠的靜心修行。雨開始打在我們的頭上，看那勁道似乎不簡單，奮力走了一段路，終於看到遠處刻着「香海名山」的樓牌，腳步就更快了，不久看見黃色的牆，「青山禪院」的匾牌下，大門開着，我們就不顧一切的衝進去。沒有人守門，寂靜的庭院只有沙沙的雨聲。

雨勢越來越猛烈，旁邊的簷沿看來挺寬，我們趕忙過去一避。大雨隨即傾盤而下，打在地面鞭炮似的亂響。面向群山，只見滿天雲煙湧動，朦朧中的遠方應該是海，或許是更凌厲的雨，一切水的角力，看不出是天上下來的還是地下上去的，白茫茫一片甚麼都溶化於天地之間。

一個經過的人發現了我們，他在傘底下驚訝的說：「這麼大雨，為甚麼站在這裏？進去坐坐吧！」說着把雨擋了一下，讓我們溜過去旁邊的寺院。

就像進了他家一樣，他指着兩把椅子說：「隨便坐。」然後就不見了。桌旁掛着一排排籤文，或許他是廟祝，說不定是神仙。

偌大的禪院，就只碰見這個人。我們穿堂入室，隨意遊覽。黃狗不知甚麼時候溜進來，智者那樣低頭走過，在石板上留下一行花朵似的足印。經過一重重低垂的盤香，深邃的影裏，寶座上的眾神向我們微笑，雨聲打在屋瓦上有一種空曠的響。

從佛堂出來，雨已停，石階沖洗得乾乾淨淨，有如未經打磨的璞玉。但見高處古樹婆娑，樓閣掩影其中，我們拾級而上，原來深藏山中的岩洞才是杯渡禪師的修行之處。那真是個好地方，既與世隔絕，又視野開闊，面壁時能閉關打坐，轉身又可遠眺整個山脈和海灣，山光水色盡收眼底，擾擾攘攘的人世就在眼下。然而禪師何曾料到，當年這片漁樵之地，今天已發展成一個人口幾十萬的城市。

雨後，山下的建築份外鮮明，有如滋養得肥肥白白的蘑菇，煌煌然的生長着，連路都不見了。鋼筋水泥建造的城市與滿佈綠色植披的群山成了奇異的對比，這毫不類似又緊密相擁的一對，各有獨特的顏色和形狀，是相迎？還是相拒？大雨說不定就是它們的對話。

雨水打落不少樹葉，軟軟的黏在石階上。遊人穿過「不二法門」的牌坊，就看到寫着「杯渡遺蹟」的另一面，柱子像個金黃色的框，把禪師的山洞烘托得莊嚴而神秘。再往前走，兩方紅柱左右分立，上書「淨土何須掃，空門不用關」，真是好句。柱旁無門無鎖，一條小路既能上山，亦能下山。然而我等俗人，即使空門大開，又能在淨土上待多久？還是到屯門辦回鄉證才想到上青山寺一遊，馬上就要返回滾滾紅塵之中了。

我突然明白，為何我覺得青山和屯門是不同的地方。青山在山上，而屯門在山下。山上山下似乎不大協調，但我走了這一趟，我知道它們是相通的，雖然當中的過程甚為複雜。

秋日遊蹤

心神恍惚的倫敦

有一年深冬，我從諾曼第的阿佛港坐夜船去英國。那天的風浪其實不算大，以為在香港成長，時常坐船，橫渡英倫海峽是絕對沒有問題的。豈料六七個小時的慢船，我竟然又頭暈又嘔吐，清晨時分上岸，寒風刺骨，冷得眼睛都睜不開，雙腳落地有如踏在雲端。從碼頭到倫敦還要個多小時車程，一夜沒睡，大巴在路上搖搖晃晃，我整個人都散了。隨後幾天自己的狀態和天氣都不好，街上灰濛濛，又濕又冷，分不清是雪還是霧，雖然到處參觀，卻感覺不到丁點顏色，心神恍惚的不知看了些甚麼，想想還要坐船回去就難受。自此之後，再沒去過，一想到倫敦我只記得那次暈船。

這回乘搭歐洲之星去倫敦是即興的，因為有朋友拿到了簽證，提議一道去玩。我想起大英博物館有一個非常難得的展覽，參觀之後順道在英國走一圈也不錯，不免心動，可是我不要坐船。於是大家上網找資料找旅館訂車票，出發前兩天終於安排妥當，以微信相約在巴黎北站碰頭。就這樣，下午一時三十分，我們集合了，一起登上歐洲之星列車，兩個小時之後就抵達倫敦的市中心。這種速度，以前真的難以想像。

九月的陽光把我記憶中的寒雲冷霧完全驅散，安放行李之後，就急不及待的出去了。時近黃昏，微風輕拂，沒想到能衣履輕盈的重遊泰晤士河。路上流動着下班的人潮，但見他們神色悠閒，看來在享受戶外的好天氣。河邊不少人跑步，揹着背囊踏着跑鞋，而身上仍是西褲或裙子。上班族利用下班時間鍛煉，跟冬天把頭埋在衣領中趕着回家真是兩種心情。金色的夕陽落在西敏寺後，裁出魁偉的巨影，在晚霞中直上雲霄。沿河的建築物高低參差，明明暗暗的連成一氣，看似鰭翅森然的蛟龍，寂伏於地，守着日不落老帝國的韶光。我立刻想到端納的畫，畫家如此巧妙地捉住了轉眼即逝的浮光掠影，天是瞬息萬變的調色板，水是它的鏡子，世界就是當中幾下靈動的筆觸。此時此刻，多想坐船一遊，在圖畫中盪漾。但太遲了，最後一班遊河的船已開走，我們只能坐在河邊喝茶。很多人排隊為了登上「倫敦之眼」，我才不要上去，這個誇張地豎在河邊的摩天輪實在煞風景，怎能想像端納的畫裏多了一個這樣古怪的東西？

第二天準備完全獻給博物館，到了大英博物館後，才發現「盛世皇朝五十年」的專題展覽在十八號才開始。於是改變行程，先去其他地方，回程再看這個展覽。然而博物館的藏品實在太豐富，特別是埃及館，既來到又怎能不看，還是流連了半天。餓了，懶得出去找餐廳吃午飯，大家就在博物館裏解決，沒想到這裏的三明治和茶點都做得不錯。休息過後，朋友建議坐巴士去國家藝術館，於是大家走到街上找91號車。因為走錯路，繞了一大圈，在橫街窄巷裏穿插。這段路程好神奇，偶然一個轉彎，彷彿走進七八十年代的灣仔，有時又好像走進兒時到過的中環，那些紅郵筒、電話亭、辦公大樓，連空氣都是似曾相識的，那感覺反而在今天的灣仔和中環都沒有。雙層巴士來了，跟香港的一模一樣，剎那間時空錯亂，真有點以為自己登上102號隧道巴士回家。坐在車上，我心神恍惚地看着窗外閃逝的風景，街上雖然沒有霧，卻仍是迷茫，像翻開一疊老照片，幅幅帶着時光遠去的惆悵。

從未到過倫敦的朋友，很興奮的拍照，見我不聲不響的，以為我累了。

巴斯浴池

我們在網上訂了車，取車之後就離開倫敦。沿途本想遊覽好幾個地方，但這晚的旅館訂在伯明翰，怕趕不及，就只去了巴斯。Bath其實就是洗浴的意思，公元一世紀入侵英格蘭的羅馬人在此發現了溫泉，修建了華麗的浴池，其後荒廢了，近兩三百年才陸續發掘重修。今天的巴斯是個優美的小城，因浴池而聲名遠播。浴池博物館在城中心，不好停車，我們就把車停在城邊。下車之後立刻看見一個劇院，英國人十分喜歡戲劇，到處都是劇院，或大或小，古典派或現代風，可以在同一條街上出現。

古浴池低於路面，原來覆蓋浴池的巨大弧形拱倒塌了，僅存一些柱子，如今包圍着浴池的建築是十九世紀完成的。相對在羅馬廢墟所見的浴池，這個算是小巧玲瓏，還蓄着泉水，溫潤柔綠，像一塊玉，雖然不開放給人泡澡，但想像得到浸在裏面的寫意。昔日的紳士淑女，在旁邊的大廳一邊喝茶一邊觀賞池水，牆上有巨型的格子窗，樓頂上有精緻的雕花，如今成了餐廳。遊覽過後，大家都覺得要在這裏好好的享用一頓英式下午茶。傳統的老木家具，潔白的細棉桌布，厚重的銀器，簡約的花飾，到處散發着沉厚的舊英格蘭風情。碰巧當日是珍奥古絲汀節，有不少十八世紀打扮的人物在餐廳進進出出，令人疑幻疑真，不曉得是話劇走進生活中，還是我們走進話劇中了。桌上的三層銀盤放着各式茶點，雖然造型和味道都沒有法式甜品的花巧細緻，卻有一種優雅的樸素。茶是泉水泡的，是別處所無的甘醇。不遠處有兩位打扮如《簡愛》的女士，長裙垂在地面，在叮咚琴聲中輕言細語。這樣的一個下午，在真實中，而自己不大相信。

巴斯並不大，取車的時候我們順道繞城走一圈。整個城市都是典雅的建築，翠綠的樹木和草地像被水洗過一樣，連影子也是乾乾淨淨的。寧靜的陽光鋪成路面，意大利式的廊橋跨河而過，淙淙的河水流着，滋潤的豆綠色，遠看稠厚如湯汁，水質果然與眾不同。日午將盡，天色帶點南歐的慵懶，不知羅馬人如何從地中海遠征英格蘭，但這氛圍，任憑再剽悍的人都想打個盹，之所以，羅馬人在此建了浴池。

湖區小城堡

翌日遊覽蘭卡斯特，然後前往湖區。已經過了九月中旬，上網一看，沒想到湖區內的旅館全滿，不得已選擇邊沿的一家酒店，來到現場竟然是森林裏的一座小城堡。兩層石砌建築隱在參天古木中，外表粗獷簡約，內部陳設卻華麗舒適，通往餐廳的樓梯寬大有氣派，門框和扶手的木質沉實如鐵。房間很大，有柔軟的地毯，仿古的浴具，老木床上的床墊厚厚的，蓋着文雅的織花床罩，大鏡下橫着書卷氣的木桌，一列大窗有獨特的開關系統，就像香港電車上的木窗。這種窗，沒有按鈕沒有把手，很多人摸不着操作的竅門。我過去隔壁教朋友開窗，窗子滑落的那一刻，我想起的竟是電車上的風雨。

朋友練習開關窗子，把玻璃全拉下來，暮色中，淡淡的一抹銀藍橫過樹林的空隙處，嫵媚的，像明眸上的眼影，大家攀在窗沿呼叫：那就是湖！是溫特米爾在黃昏送過來的秋波。

時間上我們只能遊覽一個湖，就去了最近的溫特米爾。湖是優美的，平靜的湖水，清麗的風景，就是遊人有點多了。碼頭上聚着大船小船，舢舨帆船遊輪在團團轉，剪開了一池秋水。岸上的餐廳咖啡館也坐滿了遊湖的人，雖然附近也有別的湖，或許與這邊的風景不一樣，但相對之下，我們更喜歡獨坐幽林中的旅館。這隱秘的小城堡，看那格局原來不是酒店，說不定是維多利亞時期某個資本家的度假別墅，屋中瀰漫着寧靜含蓄的韻味，風流不為人知，白天是悠閒的狩獵和散步，日落時分搖晃着威士忌觀賞遠方的湖，沉靜的夜裏與貓兒守住壁爐的溫暖。這氛圍深深的吸引着我們，為此多留了一晚，情願放棄遊覽格拉斯哥。黃昏的森林極之幽靜，柔和的夕陽下，我們都嫌自己的腳步聲吵耳。帶甜味的清新空氣洗滌我們被污染的呼吸系統，那一夜睡得好沉，沉到無聲的深處。

離開湖區之後氣溫明顯下降，風景也從槳聲人語的湖光山色進入蒼茫曠野中。天氣很好，碧藍的天冷硬的，日色昭昭，把草木照得條理分明，連落在地上的黃葉都似乎帶着某種秩序。車行超過一小時，沒看見幾戶人家，偶然出現一座樸素的石頭房子，乾淨簡單，不見一件晾曬的衣物，甚至不像有人住的，只是一件擺在草原上的裝置。偶見低頭吃草的羊群，一點點，在山坡上移動，像天上跌落的白雲。蜿蜒的小河隱隱約約的爬行，劃過霧氣漸散的草地，無盡的草地，一截纏着枯藤的斷橋在河邊指向遠方。

愛丁堡所見

蘇格蘭首府愛丁堡是一座古老的城市，建築物的格局宏偉，大街大巷，商店的門面很高，顯得很有氣勢。我們抵達時剛好是獨立普選之後的第一天，不知前一天是怎樣的。大既這樣的秋天在蘇格蘭算是氣候宜人的日子，這時只見市容整潔，市民充滿活力，路邊的咖啡座生意興隆，坐滿談笑風生的人，唯一有點特別的是當中不少男士穿着格子裙，陽光中他們又高大又有風采。

城堡聳立在市中心，任何角落都可望到，是蘇格蘭的精神象徵，也是一個重要的軍事基地，經歷了不知多少場戰爭。它三面都是懸崖，一面是斜坡，位置極其險要，曾經是堡壘、皇宮、監獄和刑場。這樣的背景，傳聞裏面鬧鬼就一點都不奇怪。所有人去愛丁堡必到此一遊，路上全是人，又是上坡的斜路，好不容易才找到一個空位，也不知道是否違規，我們就把車停下來了。

城堡位於最高點，沿着皇家一英里大道往上走，經過千百年來的古蹟，悠揚的蘇格蘭風笛送我們一步步的進入森嚴壁壘中。站崗的哨兵穿着傳統的蘇格蘭服飾，頭戴黑色軟帽，佩着短劍。堡內有無數大炮隨圓周佈陣，遙控整個城市。有很多陳列室，收藏了中世紀以來各個時代的兵器和軍服，那巨劍和殘酷的武器看着就令人毛骨悚然。中央是皇宮廣場，可以參觀富麗豪華的會議廳、瑪麗女王的古蹟等。有意思的是，在這麼多關於權力、防守、戰鬥、監控，十居其九都是對付人的物件裏，竟還照顧到動物，卻比對人溫情多了。到了高處，我攀着圍牆遠眺舊城，沒想到在圍牆與梯級之間發現一片小小的青草地，被一道鐵欄圈住。這位置相當隱閉，一般經過的人不會留心。草地上豎着些形狀不規則的石碑，上刻名字，告示牌介紹這是狗的墳場，是維多利亞女皇時代為皇家服務的犬隻的葬身之地。城堡的狗能得善終，好好安息，卻不知城堡內外有多少人被殺戮而屍骨無存。

離開的時候，好不容易把車從又窄又斜的小街轉回大路，卻發現路面空空的，連我們在內，只有兩輛車。這有點不正常，回頭一看，大路盡頭竟然一字排開遊行隊伍，舉着標語慢慢前行。太遠了，我們看不清標語。因為他們的安靜，又沒有警察攔路，教人毫無警覺性。然而沒有聲音的遊行更可怕，因為不知人們的心裏在想甚麼。眼前亮着紅燈，我們不敢衝，看着浩浩蕩蕩的人群漸行漸近，心裏不禁發急。在法國見慣了吵吵鬧鬧的遊行，路面一封，要好幾個小時之後才能通車。這裏又不熟路，不知如何繞道衝出重圍。幸好這時有幾個警察出現，揮手示意我們前行，於是紅燈也過去了。這時我們才鬆一口氣，也管不上是甚麼遊行了，猛踏油門離開了愛丁堡。

沿途經過幾個小鎮，風景都絕美，可惜這晚的酒店還未有着落，不夠時間停下來細看，卻立心遲些再來。蒼茫暮色中，看見英格蘭的界石豎立在山坡上，字體在夕陽餘暉中金光閃閃，我就知道已經離開蘇格蘭了。

前不見村後不見店的走了好長時間，天已齊黑，我們才發現一家燈火輝煌的小酒館，立刻停車一問有沒有住的地方。迎接我們的是一個滿臉笑容的白髮老太太，她説有房，包早餐，我們就毫不考慮的訂下。她取過鑰匙帶我們過去對面的小房子，其實是一座普通的民居，樓上樓下加起來大概有五六間房，設備簡單但很乾淨，我們全住上面那一層。她把鑰匙交給我們，就回去做事，囑咐我們有甚麼問題就過去找她。我們出去吃晚飯，經過小酒館，聽到有人縱聲高歌，挨近窗邊一看，不是蘇姍大媽，美麗的少女在扭扭跳跳，喝酒的人也跟着跳，好開心，一直到我們吃完意大利餐回來還未結束。

住房跟酒館隔了一條小街，無人看管，我們既沒辦甚麼登記手續也沒付過一毛錢，車就停在門口，住客吃完早餐直接離開也沒有人知道，再壞一點的順手帶走房間裏的電視機家用電器。但老太太好像非常放心，由得我們自出自入。看見她臉上的笑容，就知道從來都沒發生過這種事。

再別康橋

人們未去過劍橋，早已認識劍橋，這都得益於徐志摩的詩，後來又有不少以劍橋作背景的電影，對這個地方的印象就越來越具體。但真正的劍橋，還是要自己去看的。那些河畔的金柳，軟泥上的青荇，榆蔭下的水潭，尋夢的船，又怎能完全在白紙黑字裏感受到！

劍橋的魅力，在於它一代又一代的智慧，厚積於一磚一瓦之上，幾百年下來，建築物各有各的精神面貌，連風與陽光，都與別不同，拂在臉上一縷縷似乎全是學問。看到蘋果樹，不禁肅然起敬，到處都有蘋果樹，但只有這裏的啟發了牛頓。

時過中午，我們才抵達劍橋，這小城實在太精緻，雖然仍未進餐，又累又餓，還是把車停了，徒步走到中心區。到了河邊，拱橋下流水淙淙，房子樹木在陽光中鍍了金似的，真是如詩似畫。我們站在那裏讚歎，一個高瘦儒雅的年輕男子問我們要不要坐船。他身上穿着淡藍襯衣、米色長褲，典型的大學生或講師的打扮。旁邊有一個比他略矮的年輕人，也在問其他的遊客。難道是這裏的大學生課餘兼職划船？那真是世界上最俊秀的船夫！坐在他的船上遊康河，不就是徐志摩的風景嗎？我差點就答應了。可是朋友擔心這河不知要遊多久，還未吃中飯呢，飯後只能逛一會兒，傍晚就要趕回倫敦。他不說還好，一說，大家都覺得沒剩多少力氣，全跑進了河邊一家餐廳。

這城，每幾步就誕生一個科學家、文學家、諾貝爾獲獎者，學院的牆上嵌着介紹他們的銅牌，有如金色的卡片，或建築物的勳章。一路走來，想到前人的足跡，自己的腳步真是輕如鴻毛。

經過聖三一學院，轉入一條僻靜的小街，看見一對中年男女坐在影子裏。他們很安靜，抬頭望我們一眼，帶點笑意，又回復他們原來的姿態。我以為是走累了的遊客，或是在思考中的科學家、哲學家，再細看他們有一種家常的怡然自得，彷彿天天都坐在這兒。走到他們跟前，才發現地上放着一塊小紙板，那意思是希望大家幫幫忙。

我一時沒反應過來。在劍橋，全都是強者，還有甚麼人需要幫忙的？

重回倫敦

從前學中國畫，最大的困難，不是揣摩何謂氣韻生動、以形傳神這些金科玉律，而是從來都沒見過一張真跡，沒有辦法把古代的理論和古代的作品結合起來，細味其中的奧妙。我萬沒想到，是離開香港之後，在歐美的博物館中看到這許多名作。有些作品，一見怦然心動，文字實在無法形容。有些博物館值得專程去參觀，要是旅行途中碰上專題展覽，當然不能錯過。

為了說服朋友坐夜車回家，我曾跟他們介紹「盛世皇朝五十年」這個展覽。那是一四〇〇至一四五〇年間的中國明朝盛世，有三分之一的展品是大英博物館的館藏，其餘展品來自世界上三十一個博物館，包括十個中國博物館和文物機構，還有私人收藏家，是個不容錯過的展覽，因此無論如何都要看了才離開倫敦。

結果還是有兩個朋友情願購物和喝下午茶，她們說，那天已經泡足一天博物館，不想再去了。老實說，逛博物館是挺累的，特別是我們已經跑了好多天，睡和吃都無定時，巴不得快點回家往床上一躺。如果不是對展覽特別有興趣，精神上的亢奮掩蓋了身體的疲憊，恐怕我自己也撐不下去。於是我們各看各的，大家約定時間在火車站碰頭。

雖然累，走進博物館我的力氣又回來了。展品有精緻的瓷器、黃金、珠寶、家具、雕塑、字畫和紡織品，從宮廷生活、軍政武備、文化藝術、信仰和外交貿易五個部分去勾勒出明朝當時雄視天下的盛世景象。涉及的範圍太廣，幾乎每個項目都可做專題展覽，五十年放在中國歷史上只是一瞬，展品很多但想再深入一點又沒了，其實有點紛雜。字畫顯然不是重點，畫作大都是表現宮廷生活和人物的工筆畫，如大英博物館藏的「宣德皇帝宮殿遊戲圖」。印象深刻的是柏林亞洲藝術館藏的「湘江春雨圖」，夏昶的作品，加上題字有十多公尺的長卷，文人氣韻，風雨中的墨竹或濃或淡，婉約多姿地橫過展廳裏金碧輝煌的皇朝。

聞名已久的永樂大典，在展櫃裏攤開，好大的一本巨書，大得有點超現實。或許懂中文的人不多，其他展品前人頭湧湧，這裏卻只有我在看，偶然有人經過，也只是瞄一眼。翻開那一頁，剛好是解釋豆豉的，用詞淺白，我就津津有味的細讀。想不到明朝已有豆豉，也並非廣東特有的產物，各地都有不同的炮製方法和不同的名稱，如薑豉……讀着讀着，對着那麼大的一頁紙，手寫字體有如迷魂陣，一點一畫的牽着人走，不知不覺就令我深陷其間，完全被吸進這個符號世界裏，沉湎在另一個時空……直至有甚麼碰我一下，可能是別人的手提包或衣服，我才一驚而醒。這是甚麼地方？我怎麼會在這裏研究豆豉的？趕忙從明朝中掙脱出來。

離開博物館，我提起最後那點力氣跑去火車站，上車之後，找到自己的座位，坐下，我就甚麼都不知道了。

聖拉薩車站

火車的歷史，從最初時速八公里的蒸汽火車頭的誕生，到如今的高鐵，不過兩百年左右。這兩百年的鐵路發展，把人類從中世紀的生活方式帶到了現代，也把村鎮和城市的距離縮短了，隨着車速的增加而越縮越短，甚至連成一片。

十九世紀的西歐各國先後出現了火車，相較之下，法國鐵路的起步比較晚。我最熟悉的聖拉薩車站，一八七三年才投入使用。初時只有通往西北郊的路線，後來一度成為巴黎最繁忙的車站。因為世界博覽會，車站曾多次擴建。但隨着城市的發展，百多年前的建築物顯然難以配合今天的需求，終要脫胎換骨的更新，不久前才全部完成耗時多年的巨大工程，克服不少技術上的困難，在舊車站大廳向下挖出五個樓層，達到擴充商場和停車場的目的，而外觀上完全保留一九〇〇年的風格。工程期間，火車照常行駛，人流量依舊，旅客雖然狼狽但不得不佩服法國人的固執，因為這比拆掉重建難多了。不過聖拉薩車站並非因此而聲名遠播，它的名氣來自別的原因。

我初識這個車站，並非一個真實的車站，因為，這是一張油畫印刷品，大師莫內的傑作。那天，我和同學一起上老師的畫室，老師給我們展示從巴黎帶回來的畫冊，其中就有這一張，還特別叫我們用心看。當時我不大瞭解這張畫的背景，只見畫中的物件輪廓模糊，人影迷濛煙霧瀰漫的，卻又生氣勃勃，顯然技術上有很多奧妙，於是努力揣摩那些光影筆觸。但複製品太小，我看不清楚，覺得自己錯過了好多東西。沒想到，後來我有機會欣賞原作。我更沒想到，再後來，我每個星期都在這個車站進進出出。

莫內的時代，火車是一個偉大的發明，西方文明最重要的象徵之一，更是新科技的標誌。一八七七年莫內遷居巴黎之後，創作了一系列關於聖拉薩車站的作品。

他對色彩的運用非常細膩，在不同的時間和光線下，對同一對象作多幅的描繪，從自然的光色變幻中抒發瞬間的感覺。當年我看到的那一張，是他的代表作，年輕畫家的眼光從大自然回到城市，發現新世紀的氣象，火車站畫得生機勃勃，一如他的蓮花。

第一次前往聖拉薩車站是難忘的。那時我搬到諾曼第沒多久，小鎮沒有直達其他城市的交通，無論去甚麼地方，都要登上一列只有兩卡的小火車，到另一個鎮上等候從阿佛港開出的列車。那天下着大雪，古老的小火車搖搖晃晃，緩慢地走在銀白色的田野上。雪花一片片的撲打着窗玻璃，經過平交道，非常十九世紀的嗚嗚大響。我感到在時間中走失了，凝望遠景，一筆筆都是莫內的雲煙。兩個小時之後，火車駛進聖拉薩車站，高而尖的玻璃頂棚落下淡漠的光，雪花變成小雨，銀針似的，輕輕掠過昏黃的燈光，落入石壁的深處，我以為火車闖進畫裏去了。

那時的聖拉薩車站仍未翻修，基本上就是一九〇〇年的格局，大樑大柱的很有氣勢。車站有兩層，上層連着月台，有好幾家咖啡館。兩道寬大的石階通往下層，出口大堂內有很多小店，無論裝潢和售賣的貨品都很有特色。服裝店有很多風衣雨衣，配合前往諾曼第的天氣。鞋店着重防水保暖的鞋靴，款式非常集中，是我最喜歡看的櫥窗之一。精美的手工製品之外也有價錢實惠的小攤販，每個星期推銷的東西都不一樣，旅客常有新發現。我到了車站，買票之後總順道逛一圈。要是還有時間，就跑到樓上喝咖啡。天窗下擺滿座位，日光把大堂照得暖洋洋，我挑一個光線最好的位置坐下來，邊看書邊等待侍應端來飲品。然而，車站重建之後，這心情卻沒有了。

說真的，新車站的採光系統非常好。以前只有上層才感到陽光，下層就很昏暗，雖然亮了燈，仍像個地窖似的。向下深挖五層的工程完成之後，中間空着留給電動樓梯，既解決了乘客進出車站的問題，天光亦一直落到底層，整個商場看上去寬敞明亮，視野開闊。為了製造輕鬆愉快的氣氛，還擺了一座鋼琴，誰喜歡彈就彈，於是不時聽到各種風格的鋼琴獨奏，看來是一個消閒娛樂的理想地點。可是目前的商場跟所有的商場一樣，帶來的感覺也一樣，都是那些商號，都是那些食肆，都是那些品牌。人在其中，似乎有很多選擇，其實是沒有選擇。不想逛了，去喝一杯吧，只有Starbucks和Burger King，要自己拖着行李去櫃枱買咖啡，然後一邊捧着茶水一邊找位子。位子通常是沒有的，因為等車的人都聚在那裏上網。因此，自從車站翻新之後，我反而失去閒逛的興致，只是匆匆的上車，匆匆的下車。

工程期間，所有店都關門，沙塵滾滾的過了好多年。到塵埃落定，原來的店都不見了，代之而起的是那些非常熟悉的連鎖店，還多了很多警察，間中甚至有持槍的軍警，以前倒是沒有的。治安不好，原來跟交通也有關係。火車把城鄉之間的隔閡取消了，四通八達的鐵路網成了問題人物的渠道，他們偷、扒、搶之後，隨便跳上一列火車，又隨便在任何站下車，是很難把他們抓住的。遠郊的小站沒有閘口，月台就在路旁，乘客自己打票，自己上車。有一次，火車停站的時候，趁開門那幾分鐘，蒙臉匪徒從月台衝進車廂，把乘客的手提包、手機和筆記本搶走，然後閃身跳回路面逃去無蹤。也曾經有查票員遭到暴力。之後，開始有警察巡車。通常他們三個一組，從某站上來，由車頭走到車尾，然後下車，再上另一列火車巡邏。

最近遇到一件事，鉛塊那樣卡在我心裏，總不熔解。那天，雖然是冬天，陽光還是挺溫和的。中午時分，我到了聖拉薩車站，琴聲叮咚，商店櫥窗貼滿大減價的廣告，人來人往的。我如常上車，看書。車到半途，忽然停下來，廣播裏通知乘客前面發生意外，火車不能前行，也不知何時才恢復正常，為了安全起見請大家留在座位上。這情況偶然也會發生，不過這一次的時間實在太長了，天色一點點的轉暗，人們開始坐不住，不停的打手提電話，有些跑去找乘務員查詢，或出去抽煙。終於，車長說鐵路局派來幾部大巴，接乘客到前面的小站轉車。

擾攘一番，終於到了小站。我又餓又累，擔心錯過最後一班車，忍不住頂着刀一樣的冷風闖到月台上張望。這時天已齊黑，寒雲冷霧聚在深冬的盡頭，朦朧中只見路軌上有白色的塑料袋，遠看像一堆雪。幾個消防員在忙着，有一個離我不遠，看真了，他正撿拾一些頭髮和大衣的碎片。

我呆住了，被消房員趕回候車室。人們似乎不知道外面發生甚麼事，忙着排隊買咖啡、打電話或咒罵鐵路局，聲音和熱氣鬧哄哄的混成一片。我站在人群中，手腳冰涼，久久沒回過神來。

沒幾個人上落的站台，有甚麼意外？踏上出發點還是陷落終點，同樣是一步。看來那人是存心跳下去的。

旗津

母親偶然抱怨，年輕的時候要照顧小孩，年紀大了又要照顧中風的丈夫，結果甚麼地方都沒去過，白活了一輩子。趁她身體還算硬朗，我和弟妹決定帶她出去走走。本想去日本，因為父親早年去過日本，拍了些風景不一樣的照片，又見過許多新奇事物，母親總以羨慕的語氣重述又重述。但她不能坐飛機，去不了那麼遠。坐火車旅行吧，廣東一帶變得跟香港差不多，我們又不夠時間北上其他的城市，於是改為去台南。估量母親吃過暈浪丸，一個小時的機程應該撐得住的，即使難受也是折騰一陣子，忍一忍就過去了。小時候她帶我們坐巴士，我們吐得面青唇白，也是忍一忍就過去了，下車的時候大家又高高興興的。

終於，無驚無險的到了高雄，我們先讓母親在旅館休息。黃昏時分她已恢復精神，步履輕盈的走在駁2藝術特區內，耐心地跟着我們，在造型獨特的現代雕塑之間，好奇的左望右望，沒有問題也沒有意見。夜市裏她的胃口也不錯，以為她對食物不放心，因為她從來不吃路邊攤，結果也跟着我們一路品嘗。第二天是星期一，很多地方都關門，我們就去了漁港旗津。之後乘高鐵去台南，玩了幾天，沒想到母親對其他地方都無甚印象，只記得旗津。

根據旅遊資料介紹，旗津本來是一個沙洲半島，南端與高雄市相連，七十年代因為興建高雄港而截斷，變成一個獨立而狹長的小島。前往這個漁港有兩個方法：乘搭渡輪或過海底隧道。我們當然選擇渡輪，遊覽古老的漁港，怎能通過現代化的隧道？

我們前往鼓山碼頭。天氣已經很熱，高雄市的樓房不算高，街道看上去寬大疏爽，沒有甚麼行人，偶然有幾個人默默的聚在暗影裏抽煙，眼神靜淡，保持一點距離的觀察走在大太陽下的我們。鼓山渡輪站一帶的老房子更矮，只得三數層，底層是富南方特色的騎樓，很陰涼，不過行人道就隨着每家店的裝修而鋪砌得高低不一，又放了不少雜物，怕母親眼花會跌倒，見路上無車，我們乾脆走在路上。落在街心的陽光有如鍋裏的油，隨着溫度升高變熱變厚，似乎還冒着煙。

一個無人小攤橫在路口，掛滿五顏六色的帽子，像個花架。

「太曬了，買頂帽子吧！」妹妹說，隨手取過一頂試戴，這時才有人從騎樓深處的暗影裏跑出來。

母親不要帽子，她那小小的手提包裏原來甚麼都有，魔術師那樣在不同的場合變出雨傘、扇子或外套。她取出一把紙扇遮擋猛烈的太陽，扇子的影落在她的臉上，扇骨漏出一行一行的光；她搧風，那些光就忽上忽落的在她臉上跳躍，比我們每一張臉都來得生動活潑。

我們走走停停，看人家各種營生，猜想鐵閘大門後的生活，觀賞陽台上冒出來的花草，母親說：「真像我們以前住的那條街。」走着走着我們就回到了從前，往事是一件件舊衣服，太陽下，母親逐一拿出來晾曬。

到了海邊，大大小小的船在深綠色的水上浮動。鼓山渡輪站也是投幣的，不過只能算半自動，入口通道中央有一個透明的投幣箱，兩個工作人員分立左右，提醒或是監督乘客入錢。手慢一點，她們就說：「二十五塊。自己放。」航程其實只有十分鐘，非常短，不過母親已一早服下暈浪丸。船慢慢的駛離鼓山碼頭，我們看見海灣的山坡上長了很多鳳凰木，開着火辣辣的花。濃重的綠與熱烈的紅成了這個港口的主色調，天變得很輕，淡藍淡藍的浮在我們的頭上。海風吹起細碎的浪，飄盪着我們熟悉的漁港氣息，腥鮮的海水味裏還滲雜了絲絲誘人的蚵仔煎香氣。

才一陣子就到了旗津碼頭。岸上很熱鬧：色彩明豔的廟宇、造型獨特的教堂、賣果汁小吃的攤檔、掛滿手工藝品的小店……有很多餐廳，門前擺滿各種海鮮，人們挑選之後，再把材料交給餐廳的廚師烹煮。這時母親精神大振，站在攤子前指指點點，把海產的名字一一唸出，又評估牠們的新鮮程度。幸虧那店員聽不懂廣東話，但看她的神情，似乎在猜度我們是否每樣都來一份。我們另選一家母親認為材料較新鮮的，帶她到裏面坐好了，再由會講國語的人出去點菜。

吃過豐盛的午餐，大家準備遊玩。旗津島形狹長，但酷日當空，帶着一個老人家，沒可能徒步環島，我們只能坐車。但母親不要坐計程車，她會暈、會吐。剛好餐廳旁邊有出租四輪腳踏車的，每輛能坐四人，雖然有電動裝置也要自己踩，頂蓋能遮陽，看上去也挺安全的。「那只能踩腳踏車了。」不知道誰說。估量母親會反對，因為她一向不准我們踩自行車，怕路上危險。但這次例外，只要不坐計程車，甚麼車都行，反正又不是她踩，她說。就這樣，我們租了兩輛四輪車，一前一後的上路了。

我和母親上了妹夫的車。開動之後，車緩緩而行，駛進習習涼風中，右邊的海像一條長長的藍綢帶，穿過一根又一根的樹幹，伸到極遠的地方。路上沒有多少車，偶然上來一輛摩托，突突突的越過我們，搞亂了一地的樹影。隨着路況，我們或拐上海堤，觀賞沙灘和崖岸，遙望海裏的船悠悠地駛過孤寂的燈塔，看海鳥在風中滑翔。到了堤壩盡頭，我們又駛回路上，車一跳一跳的輾過坑窪，我捉住母親的手，或搭着她的肩，怕她被拋出去了。她有生以來第一次坐腳踏車，開心得像小孩子，不時回頭往後看，跟弟弟他們揮手，大聲說：「好好玩呀！」

這一刻，那些不快樂的事情，她忘了，我們也忘了，走在陽光中，彼此呼喚、嬉笑。不過一家人踩踩腳踏車，這麼簡單，我們卻從未試過。為甚麼非要等到今天才懂呢？白花花的陽光下，母親的身影又瘦又小，想起她年輕時遇事只會默默的流眼淚，如今在哈哈笑，我覺得做人真苦，學會開心得要付出一輩子的代價。

這個島，不知有多長，我們踩了一個小時車仍未見盡頭，於是往回走。這時，海在左邊，被堤壩擋住，再看不見，大家就專心觀賞路上的風景。經過天聖宮，橙紅色的三層瓦簷中央立着福祿壽三仙，色彩斑斕的龍爬在屋脊上，伸出無數纖長的指爪，一隻連一隻的有如油鍋裏炸開了的蝦。樸素的島上，這座建築物華麗得有點荒誕。廟裏的播音以極高分貝在響，語調昂揚的閩南話似乎要喚醒全島午睡的人。大門的旗幡寫着「喜迎旗聖媽」，我們走在空寂的街上，車輪輾過靜靜地發呆的影子，熱情的旗聖媽一直追着我們呼喊。

因為母親很開心，我們加了時，前後在島上踩了三個小時的車，逛完市集又去了砲台，在老街裏轉來轉去，痛痛快快的玩了一天。回到高雄，大家才感到體力有點透支，幸而無人中暑。我們走在黃昏的街上，只見到處都是人，比白天熱鬧多了。這時我才明白早上碰到的抽煙者的眼神：只有遊客和傻子才會走在南台灣夏天的太陽下。

生生不息

冬日漸寒，日照漸弱，人們似乎越來越提不起勁。總是在這時候，店家開始精心佈置櫥窗，建築物掛起輝煌的燈飾，各種應節食品相繼出現，五光十色的教人精神一振。繁華的商業區、熱鬧的年宵市場、喜氣洋洋的購物者，交織成一曲宏大的交響樂，從聖誕節開始鳴奏，到元旦，到春節，高潮迭起，氣氛越來越熱烈。今時今日，我當然不會像小孩子那樣興奮，等着收禮物、收紅包；但面對張燈結綵的世界，我總心生感激，為這許多人的付出。耀眼的煙火背後，其實隱藏了不少人的辛勞。

被歡樂的氣氛感染，這種時刻我也屋裏屋外的認真收拾一下，算是應節吧。沒想到，在雜物堆裏翻出一個花盆，那株在我腦中早就沒了影的洋水仙，竟然碧青青的吐出幾片葉芽，把我嚇了一跳。彷彿在廢墟裏發現了生還者，我趕忙把盆子搬到有光的地方，曬曬太陽，一邊拔草澆水，一邊懊惱自己的粗心大意，差點兒要跟她道歉了。

我甚少買花苗種植，主要原因是我不會園藝，萬一種不好，幼苗枯萎實在令人沮喪。其次，我比較喜歡長在大自然中的花草，那才是生命最真實的面貌。但年初我破了例，二月中，寒雲冷霧仍在，但也有陽光，霎時陰霎時晴的變幻着。商場的園藝部開始擺放各種各樣的花苗，一片青翠欲滴，每一株，都像一個希望，足以構築春天的千姿百態，比任何商品都吸引人。我看着看着不知為何有點心動，後來醒悟，潛意識裏可能想到了過年。乙未年的春節來得特別遲，我沒有回家，大概感到缺了一點甚麼，看見金子似的洋水仙，心裏的某個角落被觸動了。燈光下，只見片片嫩葉刀似的拔起，玲瓏小花睡眼迷濛，已醒的跟未醒的同樣嬌媚，真是令人目為之眩。並排的小盆裏，有些冒出幾朵花，有些就像一把草，花多眼亂，我竟挑了盆只有一朵花的，也不知有多少個苞，見她開得壯實，黃澄澄的像個小太陽，就拿了。回家把花苗種在大盆子裏，才想到，過幾天不是年初一嗎？

據母親說，廣東人都買花過年，做生意的人尤其不能缺。有些商號定要插上桃花，店裏擺着人身高的大花瓶，繁花如錦開到天花板，就望來年大展鴻圖。我想不起外祖母家擺甚麼花，隨着外祖父的早逝，他們家的生意隨即結束，後來舅父們的職業大概也不講究這個。可是母親每年都買花，她就像店裏一個忠心的老員工，堅守千古不移的祖訓，還說：「再艱難都要買盆花過年。」接着提起那年除夕，父親不在家，她成天在店裏跟批發商結帳、給夥計發花紅，之後再無餘錢給我們買新衣新鞋。吃過年夜飯，等我們睡熟了，她挺着六七個月的肚子，一個人跑去銅鑼灣維多利亞公園的年宵市場看花。她把僅有的那點錢買了一盆柑桔，取其大吉大利之意，望來年一切昌順，給這個家帶來好運。但種在瓦缸裏的桔子太重，她搬不回來，於是招了一輛貨車，自己捧着大肚子攀上車，親自把大桔押回店裏。當時我們懵然不知，幾十年後卻七嘴八舌的認為她太冒險，弟弟還說：「好險！我差點就為這盆桔犧牲了。」這時大家都笑。其實一個年輕孕婦三更半夜獨個兒在花市徘徊，那境況是挺淒涼的。她已經焦頭爛額的忙了一天，總算把年關過了，這時根本沒想到自己，否則連走下去的勇氣和力氣都沒有。後來生意結束，這個習慣母親仍改不掉，雖然沒計較擺甚麼花，但過年總得有一盆花。有一年出現了水仙，大家都覺得好看。水仙花色清雅，香氣宜人，漸漸成了春節一道必然的風景。母親把水仙盆用紅紙包起來，淡黃小花，青蔥細葉，花開富貴，身壯力健，朵朵金盞把正月綻放得興興旺旺。

回想起來，我們年輕時並不熱衷過年。小時候覺得收紅包吃油角很開心，長大了就有點厭煩親戚們隨着紅包而來的提問。趁年假，各有各趕着外出旅行，再千嬌百媚的年花，再龍馬精神的揮春，大家不過在團年開年的時候看上兩眼。事無大小全是母親準備的，偶然我陪着她去辦年貨，不過是站在旁邊看熱鬧。她跟人家討價還價，很權威地批評店裏的鮑參翅肚，衛生官那樣檢視臘肉臘腸……如此複雜的事情只有母親才能勝任，我們只管享用她所炮製的種種美味，領受她求神拜佛換取的福澤，吃多了還擔心發胖。離家之後，不知何年何月的過着，節日跟平常毫無分別，錯過了，才知那是多麼豐盛，特別在黯淡的深冬。

我看着那株花苗，又矮又笨的站在盆子中央，真不知道母親那些漂亮的水仙是怎麼弄出來的。聽說，培養水仙有一套特殊的技術，即使到年宵市場選購，也要在行，大年初一水仙才會開得花團錦簇，吉慶滿堂。我不懂中國水仙與洋水仙的特性，只能隨花高興，她想怎樣就怎樣。但盆子大，花朵小，實在太空洞。想起母親的水仙，我找來一張紅紙，寫上福字，貼在盆子的兩邊，效果竟然挺不錯，看上去頗有點年節的氣息。沒想到那洋水仙立刻沾染了中國的福氣，第二天冒出另一朵花，開得肥頭大耳的，本來齊刷刷的葉子，忽然高高低低的抽長，長度漸漸變得不一樣，極富音樂感，開始有點意思。中國水仙細緻嬌美，婀娜多姿；但洋水仙也有她的壯麗，花瓣線條簡單，花形精神飽滿，充滿陽光氣息，一朵朵金子打造似的，很有氣勢。這之後，洋水仙逐日開出一朵花，陣容越來越壯大，真是意料之外。原來的那一朵，已經高高在上，後來的花一朵接一朵的環繞左右，如眾星伴月。其實也分不清星月，因為新花更氣勢如虹、嬌艷欲滴，閃閃爍爍的開成一片星河了。如是這樣半個月後，開到第十五朵，花事才算穩定下來。

陣容鼎盛的十五朵金花彷彿成了這個房子的主人，配合情況我不停的把花旁邊的東西拿走，見她擺在櫃面日顯侷促，又移到茶几上，好像怕她會不高興似的。花悍悍然的挺立，一時花枝招展，滿室生輝，茶几上明明暗暗的全是她的影。要不是拍了照片，我真不敢相信原來只有一朵花。

然後有一天，我發現花瓣長了一點皺紋，葉子開始軟垂。初時一條，我以為是自己不小心碰壞了，趕忙扶正。豈料第二天葉子又倒下來，還把旁邊的也弄彎。或許是缺水，我趕忙澆水。然而，隨着葉子的顏色由青轉黃，我就明白了其中的玄機。跟着葉子一一癱倒，而且速度非常之快，才幾天就頹然的散滿整個茶几。花莖和花雖然挺得住，卻變得又乾又細，像枯了的菊花吊在竹枝上，再插在一堆亂七八糟的黃葉中，十分難看，我無奈地把她搬到牆角。

跟着怎麼辦？從一朵花種出來的一大盆，看着時間在花身上發揮的威力，從無到有，又從有變無，我捨不得扔。不知水仙是一年生還是多年生的植物，但這樣的一盆頹花敗草，我總不能放上十二個月吧？唯有用剪刀把枯萎的花葉除去，擱在一旁，漸漸花盆上又擺了別的東西，於是忘了。本來就沒指望過有奇蹟出現，只是不知如何是好，圖個眼不見為淨。

那母親又是如何處理每年的殘花的？買花的時候大家高高興興，開花的時候誰都心滿意足，花葉凋零就無人理會。想到年過後，她看着我們一一離家，然後獨個兒清洗斑斑點點的桌布，整理淩亂的全盒，把瓶瓶罐罐收回櫃裏……

拆開紅紙把花扔掉肯定是全年最無趣的一刻。母親就不嫌煩，年復一年的買花扔花。此刻看着這盤洋水仙，枯了整年的殘根上冒出碧青的葉芽，我忽然明白，她在乎的不是花，而是這不息的生機。

侏羅紀事

有一年深冬，我站在南針峰遠眺群山，夕陽下，無盡的皚皚白雪隨山形高低起伏，絢麗的霞光中，像藏着一條盤旋的巨龍，在積雪中抖鱗伸爪，蠢蠢欲動，似乎隨時來個打滾再一飛沖天。不知雪溶後這風景會變成怎樣，那一刻已萌生到山中一遊的念頭，終於，今年夏日將盡時實踐了這個想法。

出發前，我很認真的在互聯網上搜集資料。因為前往的是山區，無人野地不會有詢問處，有些路可能連導航系統都沒有反應，無意中發現，原來這就是侏羅山。十九世紀時期，歐美的地質學家為了辨識化石存活的時段，開始了地質時代及地質年表的建立，大部分使用首次研究的地層命名，這就是侏羅紀的來源，地點就是發現恐龍化石的侏羅山。侏羅是日文發音的翻譯，像不少早期的中文譯名，都是借用日文的。自從出現了科幻電影，大家對侏羅紀恐龍不再陌生，這是中生代的第二個時期，前期經歷過大滅絕，動植物都非常稀少，只有恐龍一枝獨秀，各種各樣的恐龍稱霸陸地。年初我在電影院看過第四集《侏羅紀世界》，3D的視覺效果令人非常震撼，沒想到，幾個月後自己就走在侏羅山中。

這個橫跨法國、德國和瑞士的山區，如今的中文譯名是汝拉山，有冰雪所造成的特殊地貌，高山深谷洞穴瀑布湖泊的組合，大自然的鬼斧神工。有不同的進山路線，每一面都有獨特的風景，我們先去法國中部的城市狄戎，然後上山。途中，看見公路旁豎着一個小路牌：塞納河之源。這個地點本來不在計劃之中，但隨着路牌出現的次數，似乎是個不容錯過的地方，就忍不住順着指向前去探個究竟。車行半小時左右，深入山谷，一個不大顯眼的牌子寫着：此地為塞納河的源頭。後面一道小石階，下去，沒想到塞納河的起點是這麼小的水流。旁邊立着一個牌子：塞納河此去八三〇公里在阿佛港出海。想起諾曼第大橋下浩瀚奔流的河水，莫內那燦爛的

「印象·日出」所呈現的色彩，竟全憑這小小的水流啟動。沿水而上，盡頭是一洞穴，十九世紀時期由巴黎市政府加建了外框和圍欄，目的顯然是為了標示塞納河的起點。一窪淺水，應是泉眼，清靜的水中有一座線條優美的雕像，安閒地倚在石墩上，蔭涼的影裏，靜得嗡嗡響。法國今年大旱，巴黎市內的草地都發黃，各地農作物失收，此時環繞洞穴的植物雖然乾巴巴的沒一點濕意，卻還算鮮綠，水從雕像的位置滲出來，儘管點點滴滴，仍未枯竭，是全山土石從雲裏霧裏搶回來的。如果連這裏的水都乾了，大概就是末日了。

當日氣溫超過三十度。歐洲的夏天，無論日間多熱，晚上都會涼下來的，因此大部分旅館都不會有空調系統，甚至連電風扇都沒有。晚上在小鎮留宿，房間剛好西曬，夜裏不見得降溫。被子當然用不着，但身上仍是汗濕的，開窗有蚊子，悶熱之中我們不知醒了多少回。第二天途經一個有名的洞穴，但一夜沒睡，我們的狀態不好，不夠體力摸黑進入要走個多小時兼氣溫只有十一度的地洞，只參觀了村裏的教堂。山區的教堂跟其他地方的又不一樣，建築物並不宏偉，內部裝飾簡約，窗子很小，影影綽綽的把人導向隱秘的內心世界。雕像渾樸端莊，沉靜地立在幽暗中，彷彿微微的在呼吸。幾百年下來，老木座椅被禱告的肢體打磨得油光水滑，顯得非常溫暖，準備隨時擁抱任何人。

下午到了山中的營地，陽光雖然猛烈，但沿坡而下，生起習習涼風，真令人舒一口氣。在晃盪的樹影裏我們找到預訂的木房子，見門前有簷廊，擺了兩張躺椅，趕快把門打開，行李往屋裏一扔，立刻倒在躺椅上，再也不想動了。閉上眼睛，外面火紅的陽光仍穿透眼瞼而入，迷糊中感到，影子是有聲音的，沙沙響，一隻蜜蜂在飛，嗡嗡的催我們在微風中入睡。

傍晚回復精力，離天黑還有一段時間，我們就到附近的瀑布參觀。之前看過資料圖片，夏季的瀑布應很壯觀，如今只見幾絲清水從高處流下，飄飄搖搖，有氣無力的。原應泡在水裏的石頭，乾涸了一段時期，竟長出植物來了，真沒想到大旱到這個程度。看着有點沒意思，我們拍了幾張照片就走了。沿路而行，是一個湖，金色的夕陽斜照，山體沒在暗影中，而水綠得沉靜，似玉而清澈透明，近處不見顏色，若有若無，遠處是水波不興的明鏡，黃昏下美得令人屏息靜氣。我真怕那湖是個泡沫，是太陽蒸乾了的世界幻生的海市蜃樓，大氣一吹就破了。

車行一段路，又見另一湖。這個湖很大，兩邊是山林，中間有沙灘，不少遊人仍在嬉玩，充滿歡樂氣氛，跟剛才那禪靜的湖是兩個世界。這邊完全是屬於人間的：人們在燦爛的餘暉中暢泳、打球、飲酒玩樂，某些地方升起淡淡的煙霧和燒烤的香味，輕快的歌聲和細語飄盪，潔白的船帆蝴蝶似的在水面飛翔。人們的肢體在晚霞中活潑而美麗，像波提徹里筆下的維納斯，油光水潤的在海面舒展。又是誰經營了這有山有水的一角，讓眾生得以如此歡快？夏日將盡，人們在爭取好時光的每一分秒，誰知道明天會變成怎樣？

回營地的路上，經過一大片草坡，豔麗的晚霞軟綿綿的隨風遠去，拋來夏日誘人的回眸。我們停下來拍照，一個小型滑翔機教練走過來，極力慫恿我們飛上天空一看，收費只是五十歐元一個人。他的滑翔機極其簡潔，沒有機殼，只看見輪子、機翼和機尾，像一隻蜻蜓。我知道黃昏時分從高空下瞰汝拉山一定美不勝收，但這樣衣衫飄飄的飛上去，我真的不敢，我不是天使。為了讓我們放心，他努力介紹自己，說他已經當了三十年飛行教練。暮色中，他看上去有點累，飛了三十年，是時候休息了吧？我接過了卡片，說考慮一下改天再約他，跟他道別。走了幾步，聽到馬達發動的聲音，回頭一看，他已飛上半空，是小王子飛回他的星球。

第二天醒來，發現瓶裝水喝光了，以為出去時順道買兩瓶礦泉水，無奈車行一小時都不見一家小店。明知山區荒涼，日用品甚至零食都準備好了，估計水是沿途都可以補充的，沒想到是這樣。總不能成天不喝水，終於，還是折返大城的邊沿，我們才找到一家超級市場採購所需物品。到底是城市人，難以改掉城市人的習氣，只懂得這個辦法。轉回山區小路，其後的六個小時，盡是大自然的湖光山色，連麵包店也沒有，真不知道這片土地上的人是怎樣生活的，難道也像牛羊一樣吃草？繞山而上，經過一重又一重的葡萄園，發現一個孤立在峰頂的小村莊。幾十戶人家，堅實的石頭房子，一座古老的教堂，鐘樓上有一隻風信雞。山上風大，風信雞在一片房頂上這邊看看那邊看看，正忙着。這小村加起來不知有沒有一百人，看來沒有水源，在未有自來水之前，不曉得他們如何澆灌自己的園子和門前的花草。村中夜裏當然很安靜，可是連白天，都靜得跟半夜一樣。

連日連月的酷熱，終於迎來一場大雨。整個夏天都沒怎麼下過雨，這時天降甘霖，雖然不能外出，我們也心裏一寬。反正已去了不少地方，乾脆就留在木房子裏休息，看看書，聽屋頂上的雨聲淅瀝。雨後在營區附近散步，一路上，兩旁高矮不一的野生植物全吸飽了雨水，渾厚華滋的在招展。各種不同的顏色：萱草的黃、蘑菇的白、瓜青草青豆青、深綠淺綠淡綠，還有些樹葉帶點棗紅或茄紫，濡濕的枝幹交錯，無一不顯示天地潤澤萬物的華美。雨中的牛羊照常在草地上吃草，廣闊無邊的田野上飄着牠們脖子上清脆的玲響，叮玲叮玲，細碎的、沒有一點雜質的清音，冰玉相擊的純淨。突然，一輛摩托車在不遠處猛踏油門呼嘯而過，枯燥煩惡的巨響，不可一世的張揚，粗暴地劃破這安寧。雖然自己也是開車進山的，此刻仍是覺得人類的發明充滿侵略性。

雨天不能爬山，就到附近的小鎮趕集。有人賣蜂蜜，都說山區的蜂蜜最好，我趕忙過去見識此地特產。去年蜂蜜失收，不少養蜂人毫無收穫，而這裏的蜜蜂多得有點目中無人。幾天來，不時有蜜蜂在身邊嗡嗡響，無論我喝甚麼也想嘗嘗味，甚至掉進杯子裏。專家説蜜蜂絕種的話這個世界也撐不下去了，我趕忙小心翼翼的拯救這個掉進酒裏的傢伙，希望牠可以繼續有所貢獻。小攤的養蜂人聽了哈哈大笑，才知道，採蜜的是工蜂，只管工作，不會有時間到處招搖，飛來飛去惹事生非的是胡蜂，不會採蜜的。這是普通常識，我竟然不懂，真不好意思，算是上了一課，買了幾瓶蜂蜜當作交學費。

途經一洞穴，因錯過了導遊時間，不能進去了。洞口那片小小的瓦簷下是售票處，也兼賣紀念品和飲品。櫃枱那嬌小的姑娘像個學生，獨個兒坐在一堆雜七雜八的東西之中，看來有點無聊，我就跟她買杯咖啡。付錢的時候，見她提着笨重的水桶，把水倒進燒水器內，覺得有點古怪。瞄到我的神情，她跟我解釋，因為洞內的水質石灰太重，會把機器弄壞，她每天都要拿膠筒到附近的水源取水做飲品。這洞穴也是近幾年才能提供熱飲，因為以前連電都沒有。真沒想到弄一杯咖啡會這麼艱難，如此辛勞，她只收我一塊半歐元，在山裏工作真不簡單。

山中的岩鹽曾經非常有名，一九六二年才完全停產，從前的岩鹽作坊成了博物館。參觀完畢，在博物館的旅遊資料中發現，原來真的有侏羅紀公園。第二天專程跑去一看，以為是博物館或恐龍化石的展覽廳，卻只見些恐龍造型的遊戲，巨大而滑稽的吹氣塑像，輕快的音樂，帶着小孩遊玩的一家大小。我問售票小姐：「這究竟是給小孩還是成人參觀的？」她俏皮的一笑：「小孩和成人都可以。」我看那氣氛有點像迪士尼公園，分明是個遊樂場，於是買了一杯茶，在露天茶座上休息，遙看小孩子們坐在恐龍背上繞圈子。

我想像，億萬年前，侏羅紀恐龍隨心所欲的在群山間漫步，當時，稱霸地球的牠們，何曾料到有一天自己會變成公園裏這些玩意！那再過億萬年，人會變成這個公園裏的吹氣塑像和電動遊戲嗎？

山裏人

原來，周圍只得一座山的時候，我們才能看清楚那山，以為自己能一步步的爬到頂。真的進了大山，山就把人吞沒，轉來轉去，怎麼走都覺得在坡上繞圈子，左一個峰右一個尖，重巒疊嶂，只見一山還有一山高。近看，崖石如波如濤，擊起千重浪；遠看，橫在天地間的是一道紫藍色的霧氣。人在山裏，微如塵。大風吹過，幾乎飄起。

路是之字形的，蛇那樣盤着山體。從這邊山到那邊山，似乎不遠，卻要繞上峰頂再旋下深谷，走了半天仍未到。聽説，以前還是泥路，下大雨的時候山崩地裂，路沖斷了再補上，補好了又再沖斷。這麼艱辛，以為沒有人願來，誰知道漫山遍野都是人們開墾的田。不同形狀的田，汪着一窪水，天上有雲它有雲，天上有霧它有霧，無數的馬賽克小鏡，一塊連着一塊，像女子們飾滿銀片的衣服，從帽子到裙襬，在陽光下一閃一閃。不知道人們如何把耕牛趕上來，又如何收割，因為從最低那幅田走到最高那一幅，超過一千米。

車像一頭笨豬，顫巍巍的走着。本來大家有說有笑，這時都不吭聲。今日的路，相比當年已經完善不知多少倍，但我們仍是心驚肉跳的，難以想像前人在這忽冷忽熱的山嵐嶂氣中開出滇緬公路，真是不可思議的人力。我坐在窗沿，座位在發抖，馬達氣喘如牛，所有機件不停的互相鼓勵，同心協力地爬坡。車艱難地繞過跌落的山石，輾過坑坑窪窪，真怕它拐彎時一個閃失，在狹窄的山路上滾下去。偶然有馱着乾草的毛驢，背上白花花的一堆，比牠本身的體積大十幾倍。我擔心毛驢過不去，被我們的車拋下谷底，誰知牠金蓮碎步的走得好輕快。也有馱着東西的人，背上一個竹簍，放了草呀葉呀甚麼的；亦有家禽，那鵝呀鴨呀坐在竹簍裏伸長了脖子看風景，也不飛走。偶然有揹着孩子的婦女，亦有揹着孩子的男人，那揹帶繡工精美，彩色圖案之間鑲嵌着小銀片，遠看極之絢麗璀璨，裏面的孩子益發像個寶。他們埋頭走着，不知要去哪裏，又要走到甚麼時候，這真不是城市人可以想像的。

離開山坳，接上大路，兩旁全是荒山野地。跟南方豐茂肥碩的熱帶花草又不一樣，這裏的植披甚疏朗，淡淡的煙霞流動，像宣紙上落下的筆墨，乾濕濃淡焦的點染了全山。樹細而高，葉子一簇簇的分佈，梧桐點、胡椒點、柏樹點……枝葉秀美，到頂端聚成球狀，密集但保持一定的距離。林木間的植物有高有低，或松或竹或蕉，草亦婀娜多姿如蘭花，彼此錯落有致又清晰分明，在峰迴路轉的山間拉開一幅山水長卷。

路經村鎮，突然間就冒出許多人，小小的攤檔密排，橫着幾根蔗，掛着幾梳蕉，或是堆起幾個瓜，左右停着拉磚的或送貨的車。我們走不過，司機要絞下車窗探身出去呼叫：「大叔，讓一下。」或不停的按喇叭。人們愛理不理，照舊討價還價，甚至乘機把水果伸到車窗前叫人買。每回，車都得掙扎一番才能脱身。有好幾次我以為撞上人，出事了，一額汗的往回望，只見全都好好的坐在自己的攤位上，牙齒在陽光裏燦亮燦亮的。一個傍晚，天已暗，小鎮沒有照明系統，街上一團漆黑，路是車頭燈開出來的。強烈的燈光往前一探，市集早散，只剩下凌亂的攤位和滿地垃圾。街心有三個少年，默默的抽着煙。當中一個體形纖長，穿着白色T恤、紅色牛仔褲，頭髮烏黑蓬鬆。他抬頭冷冷的望我們一眼，狐狸的眸子，野馬的神氣。深山裏的青春，火光似的在我們面前一閃而過，真是錦衣夜行。

第二天去看日出。抵達景點時天仍未亮，幽微的太陽從混沌深處慢慢的爬升，花一樣，越開越大，越來越燦爛，把迷濛昏暗的世界一分一寸的照亮，萬物逐漸甦醒，本來是非常美好的體驗。但慕名而來的人太多，太吵鬧，還放音樂，真令人頭痛。如果樂聲的分貝隨着陽光同步增強，往下去只能是爆炸。或許主辦單位想讓遊人感受一點本土風情，但我看沒有哪個民族是這樣開始每一天的，那太慘了，簡直比鬧鐘還累人。

打算溜回車上，關上車門一避。停車場內有幾個穿着民族服裝的小姑娘，體形嬌小，眼睫毛長長的，非常可愛。我多看一眼，一個穿紅衣服的小姑娘馬上走近，央我買雞蛋，可是我不想吃雞蛋，她就小聲哀求：「給我買一個吧，給我買一個雞蛋吧！」真是我見猶憐，才六七歲，誰教她賣東西的？旁邊一個遊客「咔嚓」一聲按下照相機的快門，小姑娘立刻跳起來，像一隻小辣椒，指着他説：「拍照要給我買雞蛋。」拍照跟雞蛋竟然是有關係的，那一天下來要吃多少個蛋？我趕忙跑上車，隔着窗玻璃看那幾個小姑娘，在遊人的腿邊轉來轉去。年紀那麼小，就要學習面對不停的拒絕而不氣餒，在山裏生活，除了要有鋼鐵般的身體，還得有鋼鐵般的意志。後來有人告訴我，那些看來二十出頭、到處幫遊人扛攝影器材賺錢的年輕女子，就是這些小女孩的媽媽，坐在一角觀察情況的中年女子就是小女孩的奶奶。看到一個大概還不會賣雞蛋的小女孩，奶奶彎着腰跟她講話。綴滿銀珠的帽子下，她的小臉渾圓，烏亮的大眼睛光閃閃，鼓着腮幫，小嘴嘟成一顆山裏紅，凝視着半空飛過的蟲子或鳥，心不在焉地上着營銷的第一課。

山上陰晴不定，一時陽光普照，一時大雨淋漓。晨起，只有四度，跑到街上，但見濃霧氤氳，幾步以外的東西已不清楚。這霧是有體積的，看不透，兩旁的房子迷迷茫茫，像泡在牛奶中。我以為自己沒睡醒，在夢遊。夢裏，或霧裏，擺滿了小攤。我小心翼翼的走着，各式各樣的貨品、鐵鍬鐵鏟、被褥鞋襪、瓜果蔬菜等等，不同的形狀和顏色，隨着我的步伐飄移。人們在迷霧中來來去去，出現或消失。他們的衣飾好奇怪，纏着頭，或戴着拖把似的帽子，膊胳上有錦繡的披肩，裙襬下接彩帶，說着一種我聽不懂的言語。霧中傳來音樂，我朝歌聲走去，發現一個穿黑衣黑褲的年輕男子。他拿着咪高峰，唱得很賣力，隨着樂曲的節奏不停的揮手或跺地，滿臉油汗。他戴了一隻耳環，黑色小背心繡上滾邊，垂着彩色的絨線球，身體每一下扭動，彩色絨線球就晃來晃去，很歡快的樣子。歌一首接一首的唱個沒停，不同年齡的人，揹着竹簍或揹着孩子的，也有揹着豬的，一重重的圍觀，沒功夫停下來的也會投上一眼。他們的臉慢慢展現了笑容，應該很喜歡他的歌。起初少女們躲在人群後面，站在年長的婦女身旁，裝作不在意，在縫隙裏尋找適當的位置送出她們的目光。隨着人群的移動，她們漸漸忘卻約束自己，不知不覺就走到最前線，與熱烈的眼眸相接。這時陽光越來越猛，霧漸散，原來不是幻境。白花花的日頭下，一切清楚分明，歌者和觀眾同時感覺到彼此的心跳。濃眉大眼的少女被太陽曬得滿臉緋紅，想管住自己的嘴，但無論閉得多緊，笑意仍偷偷溜出來了。她已經不是賣雞蛋的小女孩，又未強壯到能挑起生活的重擔，在霧與陽光的交替之間，她仍有夢，終於克服了羞澀，顧不上別人的目光，上前買下歌手的一片光碟。馬上，另一個女孩跟上，神情一如城裏演唱會的小粉絲。

氣溫不斷提升，看來超過二十度。我穿了兩件羽絨衣出門，這時滿身汗，熱得失去感覺，像路邊曬着的柿子乾，得趕快脱掉外衣。人們陸續把攤收了，車經過，揚起一片塵土。歌聲也停了，歌手冰雪那樣在陽光下溶化，不見了。

忽然間，山中小鎮變得空溜溜，街心只得幾隻狗在嗅來嗅去。

點心

廣東人喜歡飲茶，路上相見，隨口一句：「飲茶未呀？」代替了問候語。那是一切如常、身心健康的假設。茶都不能飲，肯定有問題，各種各樣的問題。

其實，飲茶只是一個籠統的說法，這個活動還包括吃點心。雖然老廣東的茶樓強調水滾茶靚，但坐在裏面若真的只得一杯茶，恐怕茶再好都留不住這些客人的。名茶得配上美點，這是廣東人的邏輯。那美點，真的是挖空心思，小巧的蒸籠裏藏着各種珍饈，造型精緻，味道豐富，既有鹹的，亦不缺甜的。顯然，這不光是為了吃飽，除了果腹，還追求視覺和味覺的享受，逐漸發展了這許多小盅小碟。飲茶是平民百姓都應付得了的消費，豐儉由人，市內有高級的酒家亦有離島或村鎮的茶寮。早上醒來，到茶樓來個一盅兩件（單人計算：一盅蓋碗茶和兩件點心），歎報紙，悠閒地開始一天，是好日子的景象。隨着廣東人飄洋過海，這來自廣東再盛行於香港的飲茶文化早已越出原產地，走向世界。洋人也愛喝廣東茶，Dim Sum 一詞早流行英美，是很多代人的美食了。法國人習慣吃三道菜，點心不是早餐，中午或晚上到中餐館用膳，蝦餃燒賣成了頭盤的 Raviolis à la vapeur，春卷也是他們的首選，認真地一道吃完再來一道，糯米糍留到最後作甜品。對於他們，這亦是日常生活的一種變調，心煩意亂的時刻，誰還有心情小口小口的細嚥慢嘗，隨便啃幾片火腿或來份三明治塞飽肚子算了。

但廣東人上茶樓不全是為了吃喝，這亦是一種社會活動和某些精神上的需要，就像法國人泡咖啡館，或少數民族的篝火會。風雅之士相約在茶樓談文論藝、唱曲聽戲；老派的廣東生意人商討事情是上茶樓而不是律師樓；親戚朋友見面當然也得去一次，不然如何表達那相聚的喜慶歡樂。我父親是茶痴，年輕時一天要飲三次茶——早、午、晚。他是天沒亮就要跑去飲早茶的那類人，除非掛十號風球，人家關門了，他不得已悶在家裏。這之前，一定試過冒着大風大雨去找茶樓，只要人家肯讓他進去，即使沒有夥計招呼，他可以自己動手。這茶，不知怎的就不能在家裏喝。早上已經飲過了，到了下午，他或許沒精神，或許有些傷腦筋的事，又得跑一趟。到了晚上，那年代沒有甚麼娛樂，家裏大哭小叫的，他坐不住，買一份晚報溜到附近的南龍茶樓消磨時間；間中為了討母親歡心，改去鳳鳴茶樓的三樓喝夜茶聽戲，一直到夥計把臉都拉長了才肯走。

他待在茶樓的時間太長，一個人有點無聊，想有個人說說話，就叫母親一起去。母親嫌煩，因為要照顧嬰兒，出門得帶上一大堆奶瓶尿布之類的東西，又有一個學走路沒多久的，她不放心把小孩留在家裏，祖母也不高興她出去玩把事情全推給自己。於是我父親給她安排一個兵，那就是我，隨母親發號施令，給她拿提袋或看着亂跑的弟弟。我父親專心喝茶讀報，其他事情都不理，萬一我們太吵鬧，母親就拖大帶小的到街上繞一圈再回來。茶樓裏煙霧瀰漫，電爐上的水嘟嘟滾着，提着大水壺的夥計不停的給茶客添水，每到我們那一桌都大聲的吆喝：「小心呀細路！」倒出來的茶像墨汁，苦的，我一點都不喜歡。但我愛看那些捧着點心叫賣的人，大多數是女人，父親叫她們點心妹的，雖然有些也不年輕了。她們身上掛着一個有蓋子的大蒸籠，每次打開都冒出一團熱氣，把臉熏得緋紅，非常好看。她們邊走邊報上點心的名字：「乾蒸牛肉」、「雞紮」、「鮮竹卷」……叫聲彼起此落，有些極其響亮，有些含糊拖拉，高高低低的像歌劇的幾重奏。小孩子當然不准亂吃東西，母親要了叉燒包或蓮蓉包，叮囑我們撕掉表面那層薄皮才吃，用帶點恐嚇的口吻說：「賣點心的人都把口水噴在上面。」父親跟那個鄉音未脱的點心妹開玩笑：「來一個唔似貓唔似狗。」當時我不明白，後來才知道她賣的是魚翅包魚翅餃。

隨着年紀，我對飲茶漸漸冷淡下來。父親行蹤飄忽，興之所至就換個地方飲茶，隨他心情去遠一點或近一點，說不定先跑到山上繞一圈。我們還沒睡醒，懵懵懂懂的跟着走。他又專制，吃甚麼都要管，認為成長期間的小孩要吃些富營養又夠熱量的食物，離不開那些包點、粥麵，有時還得吃飯，而我們只鍾情那些看來又香又脆的「叉燒酥」、「芋角」、「炸雲吞」之類的東西。父親當然吃甚麼都可以，興致一來還要四兩雙蒸，再加一小碟燒味，邊吃邊給我們說些大道理，或上歷史課，最喜歡從日本佔領香港三年零八個月開講，更突顯坐在那裏飲茶的珍貴。飲完早茶，都快十二點，整個上午都過去了。我心不在焉的聽着，想着我借來的書，不知怎的，突然間，只見滿桌的湯湯水水，散滿人們吐出來的肉骨頭，覺得茶樓好髒亂，又吵鬧又無聊。有很長的一段時期，我很厭煩，再不願去飲茶，彷彿這只是孩提時代和少年階段的家庭活動。成長之後，生活中自然有更重要的事，哪還有時間飲茶？

不知過了多久，一個嚴寒的冬天，我跟朋友去荷蘭，順道探望她的一個親戚。親戚很熱情，定要請我們飲茶。零下十幾二十度的天氣，天空灰沉沉的，我穿了兩件大衣兩條褲子還覺得冷，口鼻呼出的氣息透過圍巾在外沿結成一粒粒冰珠。滿地積雪，我早已凍得麻木。跟着別人走，穿過很多暗窄的街巷，來到一家餐廳，很小，不像香港的茶樓，但放在桌面的蒸籠蓋子一掀開，整個茶樓的味道全回來了——香氣、聲音、光影人語、不知冷暖的歲月……第一次，我細心觀賞這些點心而不是為了吃：晶瑩的蝦餃、豐潤的燒賣、柔嫩的腸粉……怎捨得吞下？這些充滿個人感覺的食物，看來更像一件藝術品，是製作者的一點心意，才能在千里之外風雪之中透過物料重現回憶的真味。這味道，糅合了人生的點滴。親戚說：「快吃吧，涼了不好吃。」這話怎麼跟我媽說的一樣？我差點流下眼淚，一小口一小口地咬着，虔誠的，像在教堂領聖體。

再飲茶，香港的茶樓已經沒有人叫賣點心，只見茶樓的桌面有一張清單，茶客自己選好了交出去，不久就有人把點心送來。父親中風之後，已甚少飲茶。他腳步不穩，出門要人攙扶，母親不夠力氣，舊區的街道又很難推輪椅，必須等我們回家幫忙才能上一次茶樓。父親坐在那裏，好高興。因為講話不清楚，乾脆不說話，一直微微笑着，像個笑面佛。有些服務員問他為甚麼如此開心，他就以一個更燦爛的笑作回答。他吞嚥困難，很多東西都不能吃，以前的摯愛諸如鳳爪排骨或南乳豬手之類的點心都別想了，連有蝦米的蘿蔔糕都怕堵住氣管。濃茶也不能喝，怕跟藥有抵觸，母親在白開水裏滲進幾滴普洱，哄哄他，讓他以為自己在飲茶。嚴重的白內障，他早就不看報紙，世道如何都不重要了，在茶樓裏左顧右盼，只為感覺一下那空氣。母親要了包點，把肉剔出來，弄成小塊，讓父親嘗嘗味道。我習慣性地把包子表面那一層皮撕掉，遞給母親，她說：「不用撕了，如今沒有人在上面噴口水。」

茶樓很安靜，不大像茶樓。我總以為父親會突然一揮手，神圓氣足的大叫：「夥計，來一份乾炒牛河，四兩雙蒸！」一個穿白衣黑褲的男子馬上走過來，摘下夾在耳朵上的筆，在口袋裏掏出小本子，嚓嚓嚓的飛快地落單。

山中不見人

在山裏行走幾日，甚少碰到人。

村落不多，站在高處遠眺，放眼盡是連綿起伏的山脈、巉岩、密林、河谷、草坡，偶然崖頂伶仃立着一座建築，幾座房舍相連的就是村鎮。農地上不見有人耕作，農作物自己茂茂盛盛的長着，搞不懂是如何運作的。走進村裏，也沒人，不知在睡午覺還是在幹活。街上靜悄悄，呼哨而過的不是貓就是飛鳥投下的身影。

有天，拐進山坳，遠望一片石頭房子，瓦片在藍天下閃閃發亮，教堂那巧緻的鐘樓像舞者踮足提手，優美地指向天空，成了全村的中心，散發着一縷縷的人間氣息。我快步走去，以為會發現一兩家小店，可以坐下來喝杯茶，感受一點山村野趣。誰知一路過去，招牌也沒一個，村鎮幾項基本設施——市政府、麵包店、咖啡館亦不存在。到了小教堂，就是盡頭，大門緊閉，旁邊的空地只有幾個字跡模糊的墓碑，苔痕斑駁，嚴肅地佇立着，在乾澀的沙土上拖着黑白分明的影子。教堂對面有一座房，背光，一對大開的窗子幽黑的，窗沿擺滿豔紅的天竺葵。看久了，才發現深如潭水的暗影裏有雙閃爍的眸子，專注地觀察着這個世界。是看守教堂和墓園的人嗎？這世界，是他的，長久的寧靜早凝成一層清澈的透明體，像晶瑩的淚膜，緊密地覆蓋着瞳孔。我深覺自己是一顆滲進別人眼中的沙土，趕忙退出來。

回到山中的民宿，也是吃早餐的時候才碰到人。獨立的莊園式建築，園子一直延伸到河邊，那裏還有停泊露營車的場地。露營的人很安靜，沒有一點聲音，間中聽到他們的狗在吠，主人壓着嗓子低聲呵責或安慰，開門關門之間溜出隱約的音樂，水一樣輕，叮叮咚咚。從我的房間往外望，偶然看到有人過來扔垃圾，他們提着灰色的垃圾袋，默默的走過草地上的小徑。垃圾落到大桶裏也沒有聲音，彷彿那是一袋羽毛。我的房間在大屋的後面，雖然連着主建築，但要下台階繞過院落才能到另一邊吃早餐。我大概去晚了，只看到滿桌空了的杯子盤子，沒碰上其他的住客。我懷疑，所有人都是天入黑就睡覺的，而且是一碰枕頭就睡着的，不然那能起那麼早？主人是比利時人，不知在忙甚麼，聽到我推門進來才現身，親切地笑，告訴我茶點的位置，囑咐我慢慢享用，然後又不見了。一張能坐十幾人的大桌，就得我面對豐盛的早餐。

住了幾天，有一次碰上兩個德國大漢。看情況，他們已吃過早餐，紅光滿臉的坐在那裏，笑瞇瞇。其中一位會説法語，爽朗地跟我打招呼，説他們今天要離去了，正在跟屋主結帳。兩個大漢一起去旅行？看他們打扮老實，格子襯衣繃着鼓起的肚子，舉手投足雖然合拍但神色間不似同志。大漢繼續説，他們退休了，每年與老友相約，騎摩托車從德國南下西班牙，走山路，風景非常美。不會説法語的德國人頭髮灰白，有點羞澀的笑着，像個和善的老爺爺。我正驚訝兩個老人家如何騎摩托車來回走幾千公里的路，屋主出現了，把零錢找給他們，祝他們一路順風。大家站起來握手道別，我才發現這兩位穿着牛仔褲踩着短靴的老爺子體形高大、身手敏捷。多麼有力的手，真壯士也！每年一次跑山路只是他們的集訓。壯士披上皮夾克，戴上頭盔，立刻變了另外一種人，是超人，威風凜凜，一步跨上摩托車，哄哄然的絕塵而去。

跟屋主聊起來，原來他們只是夏天這幾個月才留在山谷，冬天就關門上雪山幹活。房子雖然大，還加上營地，但夏天這幾個月的收入不夠養活一家四口。正說着，女主人進來了，是個年輕的荷蘭女子，這個民宿的網頁就是她主持的，我在網上跟她聯繫過。她本人苗條清秀，束短髮，臉上掛着燦爛的笑容，一邊問候客人一邊哄着懷裏的小孩，還沒講上兩句話又要送大兒子上學，跳上爬山車走了，行動利索，飛箭似的。他們的小女兒只有三個月，為了趕這個夏季的生意，算來女主人連坐月子的空檔都沒有。但園裏一大片草坪打理得整齊乾淨，十幾個垃圾筒也不顯髒，床鋪被褥清清爽爽，早餐桌上奶酪蜂蜜煙肉黑麥麵包咖啡奶茶擺得滿滿的，一家大小看起來也沒缺時間買衣洗衣做臉做頭髮。

離去的那天，鄰房住進一對年輕的比利時夫婦，帶着一個剛足月的嬰兒。那父親把車泊好，立刻跑過去另一邊扶妻兒下車，不停地搬行李、搬礦泉水、所有大包小袋。那拆開了的嬰兒車一件件的從車廂裏提出來，裝上了，發現房間不夠地方擺，又拆了放回車上，忙得一頭一臉的汗。母親有一頭金光閃閃的長髮，掛着溫柔的微笑，抱着嬰兒滿心歡喜地站在一旁觀看。我由衷地佩服他們的勇氣，因為在山裏，光是照顧自己都不容易。她說帶着嬰兒旅行也不是很麻煩，因為她自己哺乳，小孩餓了就給他吃，不用帶一大堆奶瓶熱水器之類的東西。雖然家人反對他們遠遊，因為孩子太小了，但人生需要小孩但也需要旅行，這之間應該沒有衝突，於是他們帶着嬰兒上路。

跟着我去了山的另一邊，沿途不見人跡，密密的杉樹高插入雲，偶然有草地，只見牛。牠們的脖子上掛了銅鈴，走動時叮玲作響，沒有一點雜質的清音，非常悅耳。漫山遍野，人可以找回自己的牛；牛，也知道牠不是野牛，主人喊牠就回去了。山中不見人，也沒有人語響，牛和人各活各的，卻同在天地間。經過小狹谷，一條飛瀑投向深不見底的地心，傳來遙遠鏗鏘的撞擊，那麼有力，彷彿是大自然的脈搏，向所有的心靈發放能量。

訂了山村的小旅館，下午一時多就到了。全村只得幾條街，旅館是一座三層高的老房子，進門一個小廳，典型的山區佈置，古老而溫暖的木頭壁板，掛着同樣古老的發黃的黑白照片。茶几上有一瓶花，幾本雜誌，厚重的沙發在午後的陽光裏靜靜的暖着。壁爐關上，垂下黑色的鐵門板，上面的鏡子反映着掛在衣帽架的一件衣服。看來住客並不多，但接待處沒有人。站了好久，只聽到屋中某處一把女人的聲音，反反覆覆的不知在叮嚀別人一些甚麼，很不放心似的。那聲音時遠時近，以為她會出現，誰料一會兒又到了後面去。我站得有點不耐煩，真想大叫：請問有人嗎？話到嘴邊，那人終於露臉。是一個穿着灰藍色廚房制服的矮個子女人，看見我，是她嚇了一跳，結結巴巴的跟我打招呼，說話有點含糊不清，透着一股茴香酒味，似乎已經喝了不少。才中午，就醉了，晚上還能幹活？裏面還有其他人嗎？因為沒有別的人，她得自己跟自己講話？

她把房間鑰匙交給我，殷切地問我要不要吃晚飯，打算吃甚麼。離晚飯時間還有半天，我怎知道待會兒想吃甚麼？看她的樣子，有可能是智者，有可能是醉貓，就推說很累了，休息好了再算。她也沒糾纏，憨憨的一笑，說歡迎我任何時候去用餐，那表情看來挺可愛的。

跟着下了一場雨。才九月初，山裏氣溫突降，旅館馬上提供暖氣。黃昏時分，我見天色還可以，於是出去散步。經過接待處，又沒有人，不知主管已爛醉如泥還是在廚裏大顯身手。街上的店鋪都關了門，我獨自走着，感覺有點怪異。全城，只見我一個人，當中的大街偶然有車經過，淡淡的車燈漸近又漸遠，最後隨風而逝。我不快不慢的步伐，漸漸成了一種節奏，雖然沒有輝煌的夕陽，沒有驚天動地的光與影，一個人在漫步，看着遠處山坡上的牛羊，看犬隻趕牠們回家，越來越平靜，越來越簡單；或許，真的要喝點酒，才能生起變化，跳出這節奏之外。

回到旅館，門一打開我就聽到那個女人的聲音。她還沒醉，身上仍是那套制服，熱情地向一位站在接待處的男士介紹晚上的餐單，那語氣比中午時更興奮。

大概她習慣了一個人，做事很專注，一條心、一根筋，並沒有察覺到我進門，即使我經過她的身旁，走上樓梯，她也不知道。

不完的盛宴

海明威一定意想不到，他那本一九六四年出版的遺著，竟會在半個世紀之後上了法國的暢銷書榜。這本書，中文譯作《不完的盛宴》，內容是有關海明威年輕時期在巴黎的生活。二十二歲的他，放棄記者的工作，與妻子跑到巴黎去，全心當個專業作家。書中充滿了年輕人的浪漫心緒和獨特的巴黎風情。其實他下筆追寫這段日子的時候已經五十多歲，健康狀況相當糟糕，還未完成就吞槍自盡，全靠他的妻子和編輯整理遺稿，這部作品才得以面世。書名源自他的一句名言：「如果你年輕的時候去過巴黎，那麼以後不管你到哪裏去，它都會跟着你一生一世，巴黎就是一場流動的盛宴。」這話真是璀璨無比，但儘管如此，在法國，多年來它的銷量只是一般，沒想到在二〇一五年十一月十三日的巴黎恐怖襲擊之後，這本書突然熱賣，很多書店一下子就沒有了存貨，出版社要立刻加印以應付激增的需求。它像一幀被重新解讀的老照片，迷人的浮光掠影，時間是有顏色的，穿透歲月的粉塵更凝練如寶石。它再次成為焦點，誰家裏有的立刻去翻，沒有的趕快去買。反恐遊行隊伍中，有人拿着這本書揮舞，有人把它擺在紀念逝者的蠟燭和鮮花之間，成了一個充滿意味的象徵。

名為盛宴，書中並沒有路易十四式的豪華排場，海明威說的是從這個咖啡館到那個咖啡館的事兒。大家懷念的，或許是他那種心情。今天的巴黎，路上常見荷槍實彈的警察，在四周虎視眈眈，誰還有興致入黑之後穿街過巷的去喝一杯？教人不好受的，海明威還提到，那個年代的巴黎即使沒有錢也可以過得很好，再省一省，還可以去旅遊，或是買些高質量的名牌精品。這個又窮又餓的年輕人，帶着妻兒，依靠時有時無的稿費過活，永遠都想到吃。他走在街上，那些沒完沒了的露天咖啡座擠滿用餐的人，盤子裏擺着種種美食，色香味紛陳，他一路看來只覺飢腸轆轆，可能這就是他所謂的「流動的盛宴」。這種咖啡館巴黎無處不在，一條街可以有好多家，他隨便閒逛想喝點甚麼就停下來。每天，他帶着筆記本和鉛筆，下樓走到街口那家咖啡館寫作。如果他在別處約了朋友，那先跟別人喝一杯，之後仍是要回到這裏才動筆。他先來一杯牛奶咖啡，開始集中精神，把想好的東西記下，半途不順，又來一杯冧酒，覺得不夠勁道再添一杯，像汽車加油一樣，海明威的說法是讓肉體和精神同時升溫。口渴就喝啤酒。有時也喝干邑或威士忌，看他的胃口及遇上甚麼人。寫完之後，他好餓，注意力轉移到豐腴的生蠔和清爽的白酒之上。間中他思如泉湧，行雲流水的寫了一天，之後十分滿足，於是離開咖啡店換一個地方吃晚餐，亦不時去賽馬場消遣。一個世紀之後，海明威常去的咖啡店都成了名店，夠他一日消費的五塊美元如今只能喝一杯咖啡，還得看哪一家。今時今日，如果他必須坐在丁香小園才寫得出來，還要邊寫邊不停的吃喝，大概要得到諾貝爾獎金才應付得了。諷刺的是，沒錢的時候他嘴饞得很，進出小閣樓還帶上炒栗子和小桔，到他拿到諾貝爾獎，卻不想活了。

法國電影就不用說了，咖啡店的場景亦時常出現在法國作家的作品中，像莫泊桑、卡繆書中的人物，除了在店裏喝咖啡，偶然還來杯小酒，或吃午餐或吃晚餐，任意進出有如在自家的飯廳。老闆早就知道主角的飲食習慣，甚至熟悉他的生活狀況，有時，大家還可說點心裏話，或聊到別的顧客，借此推動情節。但咖啡店到了海明威這個外來者筆下，竟變成一個舞台。《不完的盛宴》中，幾乎每一篇都提到咖啡店，同一篇可以有好幾家，海明威從這一家跑到那一家，裏面人物眾多，充滿種種喜怒哀樂。書中的第一章第一節就寫到聖米歇爾廣場上的咖啡館，街上寒風冷雨、黃葉翻飛，咖啡店的玻璃窗後煙霧瀰漫、擠滿顧客。海明威不是個躲在一角呆坐的人，寫作之餘，他與店裏不同階層的人接觸，既有詩人作家，亦有玩噴火的賣藝人，甚至與侍應生交上朋友。這種種回憶讓他那貧窮的青春歲月變得非常幸福，甚至認為巴黎永遠都能使人得到一點甚麼。他在拉丁區的大街小巷留下不少足跡，書中卻沒提到一六八六年開業的 Le Procope。這家古老的咖啡店，曾是十八世紀啟蒙運動思想家伏爾泰、盧梭、狄德羅活動的地方，或許二十世紀的海明威嫌它太「老派」，因為每一代人有每一代人的喜好，正如今一代的青春少艾相約在Starbucks，而不選擇海明威跟友人常去的雙叟咖啡店。這店後來亦是西蒙波娃和沙特的至愛，與旁邊的花神咖啡店一樣，永遠座無虛席。

在法國，咖啡是除了水之外消耗最多的飲品。地位如此重要，卻是十六七世紀之後才廣為人知的。這濃烈的飲料本來只流行於回教國家，因為他們禁酒，咖啡就成了一種重要的社交飲品。隨着貿易的發展，透過威尼斯商人和擁有海上霸權的荷蘭人的買賣，一個波蘭人得到一袋土耳其咖啡，在維也納開了第一家咖啡店，反應非常好，於是到處有人仿效，咖啡逐漸在歐陸盛行，既是上流社會的貴婦茶聚和文藝沙龍不能缺少的飲料，新興的咖啡館亦是平民百姓日常消遣的去處。在家庭式咖啡機還未發明以前，人們喜歡咖啡店的咖啡，因為在家裏做不出來。當時的高壓蒸汽咖啡機非常昂貴，形體巨大，氣壓經過噴嘴的時候發出刺耳的聲音，加上時常要維修，一般人不會放一台火車頭似的機器在家中。到店裏喝一杯所費無幾，又是一個社交場所，看人或被人看，性格活躍的到處碰到朋友，脾氣孤僻的也可靜坐一角看熱鬧。喝咖啡通常分三種價錢，同一家店，站在櫃枱喝最便宜，坐下來喝又貴一點，門外的露天咖啡座最貴，這之間的分別是店家自己訂的，有些店內外同價有些差別甚大，但法例規定他們必須在門外列出價錢。龍蛇混雜的十九區近年還找到一塊多歐元的咖啡，而香榭麗舍大街上的差不多要十歐元了，當中電影明星和政治人物熱愛的Le Fouquet's應算全巴黎最貴。自從公共場所禁煙，露天咖啡座的生意反而更好，因為坐在外面可以抽煙。趕時間的上班族大都站在櫃枱喝，來一個牛角包、讀報（如今是看手機）、跟旁邊的人或老闆聊兩句。這些店都是差不多的樣式：招牌上有個紅帳篷、木格子門窗、小小的桌子、瀰漫着一種溫暖馥郁的香氣。但其實每個人都有自己鍾情的咖啡店，就像海明威非得要去Closerie des Lilas才能寫作一樣，日積月累，漸漸變成生活中一個無法取代的環節。人們或許換了工作，換了男朋友、女朋友，結婚或離婚，卻不一定換咖啡店。

喜歡咖啡的人，固然對每一個品種和炮製方法都深有研究，但一般不求甚解的普羅大眾亦離不開這杯濃黑的浮着淡褐色泡沫的液體。早上醒來，這杯咖啡是一天的開幕式，沒喝上，這天就不知是怎麼過的。到了單位，還得喝一杯。如果要開會，就不知多少杯，不然沒法工作，像機器沒有動力一樣。它也是一頓飯的終止符，儘管只是吃了一份三明治，缺了一杯咖啡作閉幕式，這頓飯就是沒吃好。沒精神，當然要馬上來一杯；心情很好，更要錦上添花，還把旁人也請上了。大冷天，福利署的人向流浪漢派熱咖啡，那是雪中送炭。有一個上年紀的人告訴我，二戰期間他們沒有咖啡喝，難受得很，人們把一種野菜葉曬乾了烘焙研磨，用開水一泡，弄出一杯黑烏烏的東西看上去也挺像咖啡的，雖然不好喝也聊勝於無。如果可以選擇，法國人不喝即溶咖啡，烘焙咖啡的消耗量是即溶咖啡的五倍。無味無香氣的劣質咖啡他們叫作「泡襪子的水」。以前家庭式蒸汽咖啡機未普及，大部分人用滴漏咖啡壺做咖啡，或是一種眾友人命名為「鐵嘴雞」的工具（後來我才知道正確名稱是摩卡壺，它分為上下兩部分，下面煮水，沸騰之後產生蒸氣上升，經過中間的咖啡粉抵達上半部，濃郁度最接近espresso風味的）。有一個朋友偏愛土耳其咖啡，認為這個味道最正宗，還特別做給我一嘗。她有一個上窄下寬的小鍋，放入咖啡粉和水，一同煮沸，有點像煲湯，關火後稍停片刻把咖啡倒進杯子裏，遞給我。我不大喝得出好處，太濃了，到後來還差點給底下的咖啡粉嗆到。

我本來不怎麼喝咖啡的，比較喜歡茶的含蓄優雅。偶然太疲累，或感到那個地方的茶做得不夠好，才會點咖啡。從沒認真研究過泡咖啡的技巧或每個品種的特質，只是人喝我又喝。茶餐廳的咖啡有時帶股酸味，酒店的美式咖啡是一大杯的，很淡，加了牛奶就更淡，還不如奶茶細緻。剛到巴黎，發現咖啡竟是一小杯又濃又黑的東西，墨汁似的，浮着一層泡沫，放上兩顆糖仍是苦的，喝下去心亂跳，覺得它實在太霸道，不怎麼合我意，但一天天喝下來竟也養成習慣。曾經在版畫室學習，有問題的時候總是找不到老師。進門時分明看到他跟同學講話，眨眼就不見了，神出鬼沒有如幽靈。工作室裏人來人往，不知在忙甚麼，只有一個日本人助教永遠在那裏，甚麼都歸他管。他個小，很和善，卻不多話，成天笑瞇瞇的，薄薄的兩片嘴唇在他平而闊的臉上展開，頭髮濕黏黏的掛在兩邊，剛印出來似的，油墨還未乾透。跟他要版畫紙和工具還可以，問他意見，總說很好，再加一個大大的微笑。後來一個美國同學告訴我，要找老師，得過去隔壁的咖啡店，我這才知道，他是在咖啡店講課的。他早上在那裏吃早餐，中午吃午餐，當中又來個小休或下午茶，晚餐我就不知道了，但肯定待在咖啡店的時間比工作室多。同學去店裏找他，在他身邊圍了一圈，地方小，遲來的得坐到門邊，甚至路邊。他講開了，當然不會換個地方再講。怪不得早上工作室裏一堆人，漸漸一個跟一個的離開，原來全趕着去咖啡店佔位子。大家都喝咖啡，還非常熱情的幫我要了一杯。我唯有喝，慢慢就上了癮，那天不喝就像有蟲子咬似的，渾身不自在。老闆也沒嫌我們這幫人佔他地方，隨便我們想待多久就多久。開始的時候雖然只是一杯咖啡的消費，但時間長了，就像海明威所說，年輕人老是覺得餓，逐漸就有人要吃要喝，算下來老闆是不會虧的，還擁有一批忠實的顧客。

就這樣，咖啡在我的味覺經驗中成了一個難以刪除的檔案，像深深烙在牛馬身上的印——這輩子都擺脱不了。後來要戒，真是無比艱苦。因為失眠，不是一天兩天，而是天天，為免服藥過多醫生勸我把刺激性的飲品戒掉。突然間不喝咖啡是沒可能的，先從一日數杯減至一杯，過午不喝。不行。改喝沒有咖啡因的咖啡。不行。改喝茶，也不行。掙扎多時，終於只喝白開水，指望清水把喝咖啡的慾望一點點的趕走，把咖啡的特質淡化，把它的味道遺忘，像忘記一個本不該愛上的人那樣。以為纏人的妖精終於遠去，但突然間又不知從哪裏冒出來，風情萬種的朝我招手。最難熬的，是旁邊有人喝咖啡。奇怪的是，以前我一天喝幾杯，並不覺得它有這麼大的魅力。到不能喝了，透過香氣，咖啡忽然變得十全十美：稠厚柔滑、濃郁飽滿、層次豐富、過後口中餘香嫋嫋。咖啡店我不常去了，但朋友相聚，大吃大喝之後，人人來一杯espresso，小杯裏金黃色的油脂隨銀匙旋轉，空氣中暖香飄飄，熱烈的氣息紛至沓來，像佛明高舞女翻動千重羅裙，令人怦然心動，真要有高僧的定力才能坐在那裏喝白開水。

是以明白，為何海明威在巴黎的咖啡店裏寫密西根的故事。他說，或許，要遠離巴黎，才能書寫巴黎。由此推想，或許要不再年輕，才能書寫年輕。

而不完的盛宴，對某些人來說，也可切換成：如果你年輕的時候喝過咖啡，那麼以後不管你到哪裏去，它都會跟着你一生一世……

這咖啡如果是在巴黎喝的，當然又更厲害了。

瞬間

冬日的清晨，冷得腦袋都結了冰。車上，窗外一片迷濛，空氣中的水分凝成冰粉，隨風流來流去，牛奶似的。霧的縫隙偶然漏進燦爛的晨光，時強時弱，照耀人間亦眷顧寂寞的靈魂，平時看來頗陰鬱的墳場，凍得發白的墓碑全成了鑲上金邊的糖粉小蛋糕。草地結了霜，張牙舞爪的植物尖硬如鐵釘，牛照樣吃，好幾隻靠成一堆，口中呼呼噴出白煙，看似低頭吞雲吐霧，吹着一個透不起火的爐子。手碰到衣袋深處的手機，忽然就提醒我，拿出來拍了幾張照片。以前，絕對沒有機會捕捉這些畫面，別說在車上，在路上我也做不到。我又不是攝影師，怎會隨身帶着照相機。再說，我這種笨手笨腳的人，調整鏡頭之後那些風景都變了，永遠都捉不住我想要的光影。手機拍的照片當然不夠專業，但這本來就不是我的專業，從不夠熱情半夜三更爬上山頂等日出。就試過那麼一次，湊熱鬧跟人去拍照，到了景點，滿山頭的腳架已擺成戰陣，凜凜然的有如排開了一窩螞蟻。天還未亮，半明半昧中，我又餓又累，甚麼景都看不出來，冷風中毫無感覺，想像不到該守住甚麼位置，又將發現些甚麼，只渴望快點來個熱騰騰的早餐。感覺是一瞬即逝的，每個人都不一樣，沒法模仿、抄襲，至少我沒辦法，尤其是第一感覺，電光火石的閃過，就像突然衝破黑暗的太陽，那一刻是挺震撼的，跟着越來越燦爛。原來太陽爬升得非常快，天和地分秒在演變，如果沒有布列松那獵人式的靈敏，不依靠手機，只能眼睜睜的看着微妙的光影錯身而去。

手機本不是用來拍照的，當它還未有這個功能的時候我對它毫不動心，很長一段時間沒有手機。終於有一次，火車走到半途出問題，延誤了幾個小時，我困在車上，無法聯繫相約的朋友，要厚着面皮問鄰座借手機之後才置了一部。但自從出現智能型手機，我就離不開它，那數碼照相機漸漸被打入冷宮，再也不想帶它出門。

當然善用萊卡手動照相機的布列松肯定看不起這種照片，可是手機能讓我這種平凡人也享受一下捕捉他所謂「決定性的瞬間」的樂趣。我早知道這一切都是生活提供給我的，必須憑直覺按下快門，而且就是那一瞬，一旦錯過它將永不存在。唉！就是那一瞬，蛇一樣溜過，甚至快如閃電，還要調照相機我怎捉得住？即使用手機，仍是不夠眼睛快，但總算比較手心合一了。

儘管這樣，為了拍照我還是差點掉下水。一次在雲南的九龍瀑布，主瀑非常雄偉，白花花的水從崖上直飛湖中，激起的響聲有如奔過千軍萬馬。湖心有石頭連成的通道，讓遊人可以走到瀑布的正面觀賞。天然石塊並不平整，有大有小，疏密不一，石間水流甚急，低位湖水漫上石面，光是橫過石道都要集中精神。攝影家說：你一定要走到中間取景才拍得好。為甚麼？我並不想在中間停留，那中間，早聚了一群人，有些看來非常專業，身上背着幾部照相機，有個還支起腳架，螃蟹一樣佔住了最佳位置，後面還有一排人探頭探腦，想避開障礙物取到最佳角度。我沒有能力越到眾人之前，也想像不到站在那裏會有特別感覺，如何表現天上之水奔流到海不復回？攝影家一直在岸邊大叫：中間！中間！用力揮手似乎這樣就能把我往前推。為了不拂逆他的美意，我唯有前行，全憑手機，才能邊走邊拍，在跌落水和按快門的瞬間找到平衡。另一次在克羅地亞的十六湖。已經是初秋，湖很寧靜，仙境一樣。遊人安閒走過，互不干擾，各自沉醉在各自的世界中。問題是那湖水實在太魅惑，遠看，它是一塊澄澈的藍色水晶；近看，不覺有水，特別在草叢間，植物的葉和根莖都非常清楚，估量可以踩下去，就游來了一條魚。登船，船浮在透明的水上，有如在空氣中飄盪，看到湖底的影，以為自己在飛。在湖區走了兩天，大湖小湖，全以木條搭成的棧道串連，靠山或靠水，有些段落沒有扶手，有些木道在湖心蜿蜒，與水面平齊，偶有板塊被人踩陷，看似斷開，其實只是薄薄的積了一點水，但走着走着眼花繚亂也有可能誤踏水中。我被奇麗的風景吸引，一路東張西望，又要留心腳下，實在顧不上來，沒法全心全意的拍照。回到旅館檢視，不少照片是手機自己拍的，它喜歡甚麼拍甚麼，我管不着它。

手機本是用來通訊的，隨着科技的發展，它越來越多功能，不過對我來說，它最大的好處還是可以拍照片。除了記錄圖像，還能記錄文字，看展覽的時候尤其欣賞它這項優點。以前看見有用的資料，要手抄下來，現在不用那麼辛苦了，用手機拍攝就可以。如果看不清楚，可以放大，最新型號的還可以翻譯。遲些，或許手機能把我們心裏想的事情自動寫出來，不光是捕捉一瞬之間，也能捕捉一念之間了。但換一個角度看，拍攝能力會漸漸退步，因為不好的照片可以刪除，可以重來，可以修圖，更不理會甚麼技巧了，垃圾照片一大堆，流於濫拍。布列松是反對在黑房修改照片的，所有建構必須在按下快門那一瞬間完成，換言之，一瞬間要作出整體的判斷。他的感覺，當然非常敏鋭、豐盛、強大。那是天才橫溢的獵人，感應能力可以擴展到無限，老遠就偵測到他的獵物，沉靜地持槍瞄準、等待，然後一擊即中。我能嗎？我的獵物簡直不把我放在眼內。

其實我見過布列松幾次。有兩次在一個中國畫家的工作室，那時，布列松已經不拍照片了，重拾畫筆的他討論着一些藝術上的問題，我只有聽的份兒。而且，以我這種拍攝水平，怎敢向「現代新聞攝影之父」討教攝影技術。他早就說了：無論作品的畫面多麼輝煌，技術多麼到位，如果它遠離了愛，遠離了對人類的理解，對人類命運的認知，那都不是一件成功的作品。這些，我還遠着哩，自己慢慢摸索吧。

最後一次看到他是在巴黎的地鐵站，車門打開，他剛好站在車廂中，大概是寫生回來，背着一個小布袋，臂彎夾着畫板，在芸芸眾生中有種奇特的氣質。月台上的人很多，以為他下車時不會注意到我們，但八十歲的攝影家目光仍犀利如鷹，一眼就看到了，還非常友善的打招呼，站着聊了幾句。那時，我和他都不知道，有一天這個世界會出現有拍攝和自拍功能的手機，要是當時能借用今天的手機，我就可以留下這難得的一刻：與布列松的相遇。

結果是，一眨眼，他就消失在人頭湧湧的通道裏。

飛翔

唸小學的時候，校舍旁邊有一座教堂，巴色道的崇真堂，我人生所見的第一座教堂。

巴色道是一條很短的街，極之僻靜，「掘頭路」中的「掘頭路」，走不通的，在世界盡頭的盡頭，很多士司機都不清楚它的位置。那時我的日常生活離不開這區，以為這教堂是世上獨一無二的。它的外形很奇特，完全不在我的經驗和想像範圍之內，外牆是明亮的黃色，有很多長長的大窗，分兩層，禮堂在上面，下層好像是幼稚園，因為從沒內進我也不清楚是幹甚麼的。建築物神氣地佇立在小坡上，尖頂豎起一個十字架，非常的高，非常的漂亮，簡直是巍峨的矗立，在黯舊的人字瓦頂小房之間，就像一群醜小鴨中的天鵝。

我們上教堂只有兩個原因：週會聽牧師講道理，或上音樂課，通常是唱聖詩。

小孩從正門上樓梯，摸着彎彎的木扶手上去。側門有一道又長又陡的水泥石梯，通常是手長腳長的高年級學生、老師和牧師的通道。道理太深奧，我聽不明白，卻很喜歡唱聖詩，聖誕節的曲目尤其優美。這時教堂大門掛上彩色的紙條，點綴着金色銀色的小圓球，還有星星似的閃燈。我莫名其妙的開心，成天盼着上音樂課。清脆的琴聲如流水，那韻律讓我想起天鵝在湖中翩翩起舞，旋轉又旋轉，懵懂的小鴨子趕忙跟上。歌曲暢快地在淨淡的陽光中飛翔，我不知何謂唱得好，或不好，只是努力加入那片純淨的童聲。窗外，是碧青的樹，偶然有風，枝椏沙沙作響；偶然有雨，打在葉上淅淅瀝瀝。課間小息，我們就在教堂前面的空地上玩耍，在大榕樹下跳飛機、跳橡筋，或沒頭沒腦的追追逐逐。偶然有人練琴，叮叮咚咚的，教堂變成音樂盒，給我們的活動伴奏。樂聲中我彷彿身輕如燕，一跳就能穿過層層綠葉觸摸到飄渺的白雲。

後來，我從這條掘頭路走出去，走到很遠、很遠，從沒想過那麼遠。我參觀過無數的教堂，不同的風格、不同的教派、不同的建築材料、不同的年代，有金碧輝煌萬頭湧動的梵蒂岡，也有樸素地藏在樹心只容一人祈禱的秘室。聖靈的居所，讓人沉靜、虔敬，感覺到神明在上，但都不像我小時候見過的教堂。那消失了的教堂，原樣竟在千萬里之外，那些玻璃大窗、長椅、十字架、祭壇、天使、魔鬼，翻山越嶺的飛來，在這個小山坡上重組，真不是一件簡單的事情。原來，教會與古廟差不多同期在此出現，巴色會比一八七七年落成的城隍廟還早幾年。那年代，港島東區的第一條街——東大街仍未定型，港灣只是一片凌亂的民居，教會小路已經存在，說不定還是當時最像樣的路。隨着殖民地的發展，政府重整街區，小路自此接上主街。字面上，以教會命名的「巴色道」似乎是一條康莊大道，「街」應該比較小，其實它只是東大街尾的一條掘頭路，說起來還是一條「古道」。認真一算，所謂大街亦不足一公里，竟然有四座廟，一座教堂。教堂在一九三三年重建，看照片卻不是我所認識的，相信五十年代創校時曾經改建。因為上學的緣故，我每天都經過廟宇，碰上年節，街上人山人海，信眾燒香拜佛，敲鑼打鼓，抬菩薩出巡，到處都是煙霧。我喜歡看熱鬧，但又怕那些鞭炮，左穿右插的逃竄，直至轉上巴色道，望到教堂神清氣爽的立在山坡上，有如守護神，才敢放慢腳步走。搬離這一區之後，我仍久不久回去。隨着時間的遞進，街上的老房子逐漸被拆掉，新式大廈一幢幢的冒起，整條路填高拉直，接上海旁的東區走廊，變得四通八達了。我見教堂還在，就很放心，好像那是個甚麼寶物。再後來，校舍也改建成高樓，教堂顯得非常的小、非常的黯舊，像個臉上斑斑點點的老人，安靜地待在一個不打擾任何人的角落。我以為學校會修整教堂，因為新衣服也可以配搭古老的首飾。可是有一天，一切全被推倒，教堂沒有了，連教堂後面的山也沒有了，整片風景挖出一個很大的缺口，看上去非常的陌生。我心裏空落落，彷彿掉失了甚麼。聽説後來又蓋了一座新的教堂，可是我再沒有回去。

我當然明白，教堂不一定從頭到尾都一個模樣的，因為種種理由，歷代都會進行修改或增建，也有把教堂拆掉重蓋而非常成功的，像建築師勒柯布西耶（Le Corbustier）的作品就是一個好例子。這與世隔絕的小教堂在瑞士和法國邊境的群山之間，中世紀時期是座羅曼式小廟，十八世紀在廢址上重建，沒多久被雷打中燒毀，一戰後落成的新建築又被德軍炸掉，真是多災多難。教堂的樣式一向都很傳統，不知為何戰後的教會竟能接受勒柯布西耶那驚天動地的設計，讓一九五五落成的洪尚教堂（La chappelle de Ronchamp 或 La chappelle Notre-Dame-du-Haut）成為二十世紀最震撼、最具表現力的建築。我學校的教堂當然不能和洪尚教堂相比，雖然兩者都是重建又重建，都佇立在一條掘頭路上；同是二戰之後的版本，一個僅面世數十年，另一個卻成了世界文化遺產。

未曾到訪，我已見過不少洪尚教堂的照片。它沉重的船艙形屋頂向上翻捲，白色的牆壁開着大大小小的方形窗洞，嵌着彩色玻璃，入口在牆的夾縫處，塔樓的外形像糧倉，總之，要多新奇就有多新奇，任誰望一眼都會留下深刻的印象。可是沒有多少人參觀過這教堂，到處打聽亦無人知道它的正確位置，有如神話。它不像巴塞隆拿的聖家堂，那些粟米芯似的塔樓高高豎在城中，遊人老遠就瞧見，問路也是無人不識的。這個僅能容納二百人的小教堂，藏在山的深處，平日人跡罕至，拿着地圖也會迷路。十幾年前我去過乎日山，那時沒有導航儀，走在山中，兩旁樹蔭蔽天，沒有路牌，沒有民居，沒有人，甚麼也找不到。近年有了導航儀，一個聲音說：到了！我仍是不大相信。小山坡的盡頭，只有一個停車場，幾輛車孤零零的擺着，哪有甚麼教堂？樹叢旁邊有座建築物，下車走近細看，是個售票處。真奇怪，參觀教堂也得買門票？不是我要找的教堂吧？後來一想，這是藝術品，收門票也有理由。售票員指着後面的門說，從此路出去就是教堂。望過去，只見一排樹。參考了這麼多資料，以為自己到了現場一眼就能把教堂找出來，誰知道仍是迷障。

我依照指示走上小土坡，抬頭一望，一座建築物白雲似的在草地上升起。

真的是它！心中不禁怦然一動，沒想到，真有面對神話的一天！終於，我來到這裏，像走進一個似曾相識的幻境。教堂沒有照片那麼冷峻，相反，經過這些年，它也有點風霜，白牆上有了滄桑的痕跡。近看，屋頂有些地方掉了色，但陽光中，它更樸拙、真實，是一個在時間的潮水中永不淡退的夢。而且，日積月累，更有一種安靜的頑強，像旁邊的老栗樹，枝椏粗壯如腿，鋪天蓋地的向左右舒展，飽蓄着生命之力，沉重而豐盛，結滿纍纍的果實，碧青的，密如頭髮的刺針在藍天下金光閃閃。

教堂外牆是簡潔有力的素白，內裏卻非常幽暗，沒有照明系統但光影迷離。屋頂與牆體之間有一條四十厘米的空隙，外面看不出來，背着太陽，裏面形成一道強烈的光，像一條超長的電光管，又柔軟又璀璨的繞室一周。可以想像，這光隨着晨昏四時變幻，漸明漸暗，或強或弱，鳥飛過也干擾了它，像人，內心受外界影響。不規則的玻璃窗全變了色彩繽紛的燈籠，在幽暗中懸浮，四射的光在地面落下各種形狀。傳統的鐘樓，這裏樸拙如古井，禱告室畢直的往天攀升，沒有任何裝飾，自然的天光從頂部循序漸進的落下，莊嚴地停駐在正中的小桌上。桌面只有一本書，應該是聖經，一個小小的十字架，旁邊的小碟亮着一盞油燈，螢螢如豆，不是照明用的，是永遠都在掙扎的生命之火，顫顫抖抖，但求神明保佑。從未見過一個教堂，內部是如此的簡單，帶來的感覺卻如此複雜。

幽冥中，似乎有微弱的歌聲，很細很細，水一樣從縫隙中滲出，又似從很遠很遠的時間傳來，熟悉的旋律，有點像我以前唱過的聖詩，不是我自己的幻聽吧？勒柯布西耶把教堂建築視作聲學器件，是信徒與上帝聲息相通的渠道。「形式領域的聲學」這個名堂或許不容易理解，但身在他的設計之中，簡約的形反而產生更豐富的想像，而且把許多條條框框都打破了，沒有傳統雕像和畫的提示，變得更自由，每個人都可以用各自的方式去接近他心中無處不在的神。

回到草地上，陽光軟溶溶的擁抱着我，讓我想起那些在教堂前追追逐逐的日子。我記得，有一個小息，一樣的藍天下，我與同學在玩耍，我們同時發現圍牆上有一隻蜥蜴，一隻很大的蜥蜴（如今回想可能是一隻變色龍）。蜥蜴沒有理會我們，我們停下來，沒有尖叫，也沒有跑開，好像深明這個世界本來就是我們共有的。蜥蜴慢條斯理地在樹影婆娑的圍牆上走過，身體從淡淡的土黃色變成暗綠又變成淺灰。課本上沒有介紹過這種動物，大人也沒提起，我們定睛地注視着牠變顏色，覺得非常好看，一直到蜥蜴走遠了才回過神來。我們並沒有因此而懂得甚麼道理，也沒想過去問老師，或告訴任何人，只是對望了一眼，這時教堂響起了琴聲，我們又重新開始追追逐逐。

真沒想到，繞了這麼大的圈，我竟然在洪尚教堂前想起這些往事，彷彿那些玻璃窗、十字架、祭壇和長條椅又飛回來，過去和現在也接通了，讓我尋回一點在原址再找也不到的東西。

海邊二三事

在內蒙出生的S，從來都沒見過大海。某年我們同去諾曼第的海邊玩，他開心到不得了，幾十歲人，本來是個書呆子，竟然站在海堤上模仿海鷗拍翼，大概以為自己快要起飛。第一次有人向我演繹何謂之「開心到飛起」，也明白住在海邊和深居內陸的人的不一樣，像無拘無束的海鷗和被圈養的羊。我看慣了人們出航、遠行和回歸，在深山裏會害怕迷路，因方向不辨而焦慮，總在估量海的位置，哪怕它遠在天邊。海沿有很多生物，大都沒有攻擊性，自得其樂的飛翔或浮沉，而山中黑影一閃我就擔心是野狼或惡犬。海永遠都在起伏、在變幻，無風亦有浪，嘩嘩作響，散發着生生不息的活力。大草原四野蒼茫，很多年前我去過一次內蒙，那時，還沒有路，吉普車一路顛簸，中途停車休息，我站着轉了一圈，只見每個角度看過去都是一樣的，都是草，平坦而安靜。我看不出東南西北，只是想：這兒離家好遠好遠。而我的家，在海邊。

我在海邊長大，老家所在的那條街，其實就是一個小型的港口。我天天和祖母散步，小孩和老人，黃昏將至出門，從街頭走到街尾，繞一圈回來，天就全黑了。街道是彎曲的，順着避風港的地勢，前段是商店，諸如食肆、藥房、雜貨舖、餅店等等，跟日常生活有關的。沿街有很多小巷通往泊滿漁船的港灣，海堤上架滿跳板，又窄又長，遠看有如百足蟲的腳一條條扣在船上。水上人家在蟲足上馱貨挑水嬉玩奔走，進出自如，要雜技似的，我看着覺得驚險，卻從不見有人掉進水中。街中段有一個碼頭，去鯉魚門的，碼頭上有魚類統營市場，漁民不停的上貨卸貨，魚蝦活蹦亂跳，人來人往，是極其繁忙的地帶。通道口又群集了些賣吃食的攤販，飄盪着魚蛋牛雜的香味、爐火的煙霧、呼前應後的人聲，加上魚市場的腥氣和天后廟的香燭味，煌煌然的像一個永恆的節日，我總是百看不厭。魚市場之後行人漸少，店舖亦少，大都賣些古靈精怪的漁船用品。在我有限的認知中，僅能分辨魚網、船槳、馬達、棍子般的螺絲釘，一桶桶漿糊似的東西，比我手臂還粗的繩纜……街尾就是阿公岩，掘頭路人車都不來。過了譚公廟，祖母放心地鬆了手。那裏有很多船廠，我們一前一後的走着，看人家修船、造船，真是一個神奇的世界。高大的廠棚只有頂部，兩頭都是空的，藏着巨大的船，船後就是藍光幽幽的海。船竟是這樣子的：平常看不見的部分竟然跟看得見的差不多體積，甚至更多；船骨也跟魚骨一樣，中間一長條，左右密層層的伸出無數的刺。造船工程教我着迷，特別是電焊工，他就像魔術師，拿着一根棒子，碰上甚麼都發出火花。暮色中，火光是如此燦爛，就像我後來看到的煙花。這煙花，在我的孩提時代，每天都放一次。

從這個海，到另一個海，或許是命中注定，或許是隱藏在深心處的海作祟，我逐水而居，輾轉又在海邊住了好長日子。這個漁港，比兒時那個更古老、更多風雨。早在法蘭克族和維京人來到以前，羅馬兵已經認識這個魚產豐富的地方，是他們補充食物和修建船艦的據點。維京首領霸佔了北面大片土地之後，成為諾曼第大公，立刻在此築營紮寨，蓋了一個宏偉的碉堡，其後所建的教堂算來亦已超過一千年。英皇曾經到此過復活節，那時，阿佛港還是一片沼澤地。阿佛港是甚麼地方？是離這裏三十五公里的塞納河出海口。一五一七年，為了發展貿易，法朗索瓦一世下令在河口修建一個能停泊大船的港口，以取代海沿的老港。後來這個港口成為歐陸與遠東貿易的樞紐，有重要的航運地位，目前是法國最大的集裝箱港。小時候和祖母在街上閒逛，不時看到路邊堆着紙盒或木箱，上面印着 Le Havre 這個地名。當時無人知道這是甚麼意思，我心裏只惦記着電焊工的煙花。如今回想，說不定他的魔術棒也是從 Le Havre 運過來的。

阿佛港是一個現代化的大城市，人口接近二十萬，讓我想起港澳碼頭、海運大廈、尖東、葵涌集裝箱碼頭和青馬大橋。而這個耄耋小城，我叫它作「霏港」，霪雨霏霏的霏，出自范仲淹的〈岳陽樓記〉：「若乎霪雨霏霏，連月不開；陰風怒號，濁浪排空……」用來形容這個時常刮風下雨的地方，實在貼切不過。當然也可譯作「鯡港」，因它盛產鯡魚。雖然荷蘭後來居上成為競爭對手，煙燻鯡魚仍是這個地方的特產，法國超市擺賣的鯡魚大部分從這裏出去。這個行業逐漸沒落，城中留下不少燻魚工場，即使荒廢了，那密集程度仍可追想它的盛世氣象。除了捕捉鯡魚、鯖魚，還有鱈魚，這個港口曾經擁有七十三艘遠征新大陸的三桅船，是地方歷史上的頂峰。自從加拿大禁止別國在它的領海捕魚，此地的漁業一落千丈，連帶其他的相關行業；漁獲加工業就不用說了，連水手必用的油布衣業亦式微。漁民不用出海，技工不用修船，女子們不用紡麻紗、做油布衣，農民也不用種那麼多麻，亦無人在小酒館裏夜夜笙歌。人們或離去，讓小城孤獨地在輝煌的舊夢中浮沉；或頑強地繼續鬥爭，開動小船沿海垂釣撒網，偶然也見他們擺賣龍蝦，雖然只得十隻八隻。有些人，是沒有辦法離開海邊的。一個下雨的傍晚，我在海堤上遇到一個龍鍾老頭。他大概是喝醉了，身上一陣酒氣，絮絮地說着，他退休了，以前是一個水手，他父親是水手，祖父是水手，兒子孫子也是水手。他怕我不相信，掏出錢包給我看他的家庭照片，幾代人都穿着不同年代但款式大同小異的橫條紋海員制服。他終日懷着五六代人的歷史在小街裏徘徊，基因裏恐怕亦滲了海水。如果他死了，也會化成一隻海鷗，繼續在屬於他的海邊盤旋。

關於這個老港，最傳奇的，莫過於與耶穌寶血有關的故事。是這樣的：傳說，有一塊染了耶穌血跡的布，被人藏在一截挖空了的無花果樹幹之中，然後給扔到海裏。世界這麼大，這樹幹哪也不去，竟隨水飄流到霏港，被另一個人拾起。這個人，又沒把樹幹當柴燒了，還發現了耶穌的寶血，後來敬奉在大教堂之中。這真比先知來過此地在石頭上踩了一腳留下足印的故事還神（這塊石頭也在教堂內）。講故事的朋友邊說邊領我到教堂的祭壇，後面牆上果然有個耶穌寶血的靈位，銅質小門擦得金光閃閃，刻着這件神蹟。我思考前因後果，問朋友：「這門能打開嗎？裏面真的有一截樹幹？」她用眼尾瞅着我，沒好氣的說：「這是神蹟！」臉上的表情，顯然認為我問得愚蠢，意思不言自明：神可以隨便打擾的嗎？我信，我怎敢不信，除了樹幹，神把我也扔到這裏來了。

然而，消毒奶瓶的事已沒多少人記得，大家都忘了消毒奶瓶是從霏港開始的。一直以來，這兒的男人，全忙着去海裏捕魚；而女人，就忙着處理他們捕回來的魚；加上無數的海難事件，很多男人一去不回，生計就全落到婦女頭上。她們從早忙到晚，沒有時間親自哺育自己的嬰兒，只能以牛奶餵養，而問題就出在奶瓶上。一八八一年，杜富醫生（Docteur Léon DUFOUR）畢業後到霏港行醫，駐守在漁船密佈的海邊。當時，一萬三千多人的小城只有五個醫生（根據《自由報》的資料，一九九七年此地人口增加了一萬，有八十個醫生）。這個忙壞了的醫生察覺到海沿的嬰兒死亡率奇高，幾乎有四分之一在一歲前夭折，其中超過半數死於腸炎。他發現傳統的長管奶瓶有極多細菌，而經過消毒的短嘴奶瓶和牛奶可以克服這個現象。他從一八九四年開始全力推行消毒奶瓶，指導此地婦女如何正確地餵養嬰兒，每天準備一些處理過的裝瓶牛奶讓窮困家庭免費提取。在苦難中，還是人才能實在地幫到人。自此幼嬰的存活率迅速增加，成效顯著，世界各地爭相仿效。這個醫生的發明惠及世上無數嬰兒，可惜教堂蓋得非常大，而他的紀念館只縮在公園的一角，像個儲藏室，根本無人知曉。

另一件不可思議的事情是關於一本書。有一次，我協助圖書館辦理一個中國主題的展覽，當時的負責人給我展示一本厚重的書。書是硬皮精裝的，看得出很古老了，令我吃驚的是封面竟印着「禹碑」兩個字。《禹碑》又名《岣嶁碑》，原刻於湖南省境內南嶽衡山的岣嶁峰，已失蹤多時。幸好南宋（一二一二年）何致遊南嶽時臨拓全文再刻於長沙岳麓山，其後多地都有翻刻。碑文字形如蝌蚪，既不是甲骨文鐘鼎文，亦不同於籀文或篆隸，無人能看懂，只有明代的學者楊慎把這七十七個字的意思譯出。我翻開一看，見識了何謂蝌蚪文，但這不是原拓本，是傳教士根據拓本製版再精印到銅版紙上的，亦依楊慎的譯文譯成法文。這就是岣嶁山的版本嗎？根據記載，除了唐朝的韓愈為此寫過一首詩，似乎沒多少人見過岣嶁山的禹碑。那傳教士為甚麼要印一本這樣的書？有甚麼用？光是為了字體好看嗎？書非常貴重，不能外借的，放在資料圖書館，想看的話要跟圖書館預約。戴着白手套的負責人見我翻得吃力，趕快過來幫忙。我們一頁一頁的欣賞，奇異的字體，雖有譯文對照，仍管不住這神秘的符號，似乎一筆一畫都有它自己獨特的意思。我無意中抬頭一望，書櫥的玻璃上反映着兩個面貌相異、文化相異、無一共同點的人，在岣嶁山的千萬里之外坐在一起讀禹碑，還看得津津有味，真是不可思議。因為好奇，我曾經追蹤過此書的來龍去脈，但畢竟時間精力都不足，顧不了這許多，事情就擱下來。反倒是圖書館的人，久不久就提醒我：「你甚麼時候去岣嶁山看真正的禹碑？」

用消毒奶瓶長大的後代，逃過了細菌的侵襲，更強壯（以前的漁民體形矮小壽命很短）、有更多能力克服現實的困難。進入二十一世紀，地方政府大力發展旅遊，熏魚工場改成博物館、餐廳、酒店，又安排了很多活動。主題展覽、音樂會或巡遊表演是每季都有變化的，而海洋節和鮭魚節是傳統項目，年年都差不多但大家樂此不疲。海洋節在初夏，全年日照最長的時段，晚上十時天仍未黑。風和雨都停了，微波粼粼的海面，陽光普照，大大小小的船隻爭相出航，你來我往，帆影或遠或近，都在遊遊蕩蕩。在港口歇息的船蓄勢待發，豎起的桅桿擠成一片森林。幾艘十九世紀風情的三桅船更是其中的主角，高大威猛，像鴨子之間的天鵝，吸引所有人的目光。穿條紋水手裝的船員雖然不是真的去新大陸捕魚亦非常賣力，不停的表演着升帆、落帆。船與船之間水光扭閃，海鷗亂飛，旗幟隨風飄拂，人們在船上吃喝耍樂，是莫內一筆筆描出來的明媚風光。冷了整個冬季的咖啡座又擠滿了人，賣藝者敲鑼打鼓，半夜還有隱約的歌聲。大家沒有想到睡覺，光是過好今天都不夠時間，明天就留給明天。

十一月底的鮭魚節更富地方本色。這時，日照一天比一天少，繁花盡落，樹上的葉子也掉得七七八八，冷颼颼的，微風中飄着細雨，絢麗漸歸平淡，像帷幕徐徐降落的舞台，最後只剩赤裸裸的現實。鯡魚是一種廉價的小魚，比起鱸魚、鰈魚等尊貴的海產，鯡魚只是平民的菜式（以前是漁民的菜式），進不了星級餐廳的門，因此花大錢反而吃不到。其實這魚有牠的滋味、更富營養、更天然（因價錢低賤無人有興趣用科學方法繁殖）。牠個性鮮明，味道強烈，只能以最樸素的方法烹調，除了鹽和胡椒，其他調料都發揮不了多少特色。牠的外形有點像沙丁魚但大好幾倍，骨比髮絲還細，有些人受不了，其實可以連肉一併吞下去。鯡魚一定要吃新鮮的，因為肥美，很快會變質，發出腐敗的氣息，腥起來亦比所有魚都腥。通常有兩個吃法：把鯡魚煙燻，再以油浸；或把新鮮的魚放在炭火上烤。油浸鯡魚跟微溫的水煮土豆同吃，口感豐潤柔美，像嚼着肥肉；而鯡魚的油脂滴在炭火上的香氣是橫行霸道的、教人不能不理它的。當然我說的是成功的例子，做得不好的煙燻鯡魚有點像放久了的鹹魚；而新鮮的魚也太搶火，一不小心就烤成焦炭。油浸鯡魚長年都可嘗到，但新鮮鯡魚每年只出現一次，於是有鯡魚節。海堤上擺了好多賣鯡魚和烤魚的小攤，大家可以在街上吃烤魚，也可買回家自己弄。有些餐廳和小攤在路邊搭了帳篷，擺好桌椅，招待蜂擁而至的遊人。食物是很簡單的，只有烤魚和蘋果酒，哪個攤都一樣。全城飄滿鮭魚的氣息，海鷗都發了瘋，飛來撲去失了方向。漁夫們好開心，他們志不在生意，難得伙伴們在一起，生一把火，烤幾條魚，一幫人吃吃喝喝，重溫他們的好日子。是日不一定有陽光，或晴或雨，太陽曬着，無端就飛來一把水珠，一點點吻到臉上像冰涼的小嘴，雖寒又未至於冷到刺骨。天早暗，下午四時晚風已悄悄的拉起夜幕，戴着海員帽的老頭子在暮色中仍不失興致，烤焦了的魚就扔給海鷗吃。有人拉手風琴，滿臉鬍渣子的臉笑瞇瞇，在火光中唱着他們的歌。那調子也是簡單的：樸素、渾厚、強烈，跟他們烤的魚一樣。

老漁夫們講一種特別的方言，像我小時候遇見的水上人，我是聽不懂的。可是這又有甚麼關係？正如無人懂得《禹碑》，亦可欣賞《禹碑》。歌聲中，自有風有浪，有悲有喜，有情有義。

鯡魚節繼續着，飄着歌聲、人語、香氣。我吃過烤魚，喝了蘋果酒，開始在堤上閒逛，過橋，走到對岸，看港灣一步步沉在幽暗的夜色中。漁夫們的爐子在路邊閃着火光，發出噼啪細響，我想起電焊工的煙花，忽然就不知自己走在哪條街上。背後有隱隱約約的晃動，輕巧的腳步，不離不棄的跟着我，難道是祖母？我一驚，趕忙轉身——

是一隻海鷗，傻頭傻腦的，隨牠而來的還有一陣風。我緊一下脖子上的圍巾，才聞到，身上裏裏外外都是鯡魚的氣味。

後「九一一」時代

這個世界，變得越來越古怪。有些事，無論已出現或正在出現的、聽到的、看到的，都隱隱有點甚麼讓人感到不對勁。面對世貿中心的遺址，飛機撞上摩天大樓的畫面在我的腦中重播又重播，既荒誕又恐怖。這怎麼可能？不是變魔術吧？但見濃煙四起，精鋼構成的巨廈，層層疊疊的粉碎。看着銅牆鐵壁頹然傾倒，揚起各種各樣的陰暗，整個世界目瞪口呆。漫天灰塵過後，廢墟變成兩個方形的水池，池中央是一個幽黑的吸水泉，像魔鬼張開的大口，水聲、水光、閃爍的生命，嘩嘩墜落到深不見底的地獄裏去。圍着水池的黑色大理石刻着無數的名字，一筆一畫，冷硬的組合彼此永不相觸，一個個，孤獨如骸骨，在污濁的滔天惡浪中浮沉。米開朗基羅在西斯廷教堂頂上畫的創世紀，人類的祖先亞當把手伸向高高在上的神，盼着傳來生命之火，卻差了那麼一點點，這一點點，成了不幸者跌落深淵的縫隙，永世的掙扎、無着。誰能穿越時空，拯救這些人離開惡夢，把名字從大理石上剔除？科技如此發達，擎天高樓瞬間拔地而起，沒想到毀滅的速度同樣快，眨眼，一切已成灰，是現實亦是魔幻。回看這災難，人心似乎從未如此扭曲、變態。人心惟危，跟流感病毒一樣，有無限變異的可能。

面對消逝的虛無，更需要強調現世生命的價值、生命的美好。美國人花費四十億美元在原址建造Oculus，代替「九一一」事故中被損毀的世貿中心站，終於在二〇一六年開始啟用，重新向未來出發。這個全球造價最貴的地下車站，既是交通樞紐亦是一個擁有超過一百家商號的現代化商場，在消費和娛樂之中，人們將會忘記傷痛。聽說建築物寓意「浴火重生」，借用了飛鳥的形象，獨特的設計已成了紐約的新地標。車站頂部兩排尖刺向天斜飛，那角度就像亞當向神伸出的手。張揚的氣勢是設計師Santiago Calatrava的一貫風格，一重又一重的架樑疊柱，白森森的有如恐龍骨架，又似猛撲的翅膀，或劍拔弩張的巨型槍械，與前方幽暗下陷的水池構成強烈的對比。推門而進，入口是一個闊落的平台，只覺內部寬大、明亮、白光燦然，原來和平是要進入內心才感受到的。歌德式教堂般的空間高而深，居高臨下俯視，彷彿爬上梵蒂岡的穹頂。橢圓形的大廳完全沒有樑柱，面積接近足球場，兩側滲進縷縷清光，煙霧似的在白色的大理石上流淌。屋頂中央有透明的玻璃，看見一線碧藍的天。地板也是白色的，整個內部有如一朵溫柔的祥雲，五顏六色的人子走在其中，細小而快樂，教人錯覺他們是從水池底那邊走過來的。

就這樣，我們進入後「九一一」時代，空氣中飄滿猜疑，誰也不相信誰，去甚麼地方都得通過安檢。那天進博物館，兩個黑人保安，神高神大，穿着黑色西裝，門神一樣站在入口，看過去只見他們的眼白和白襯衣，審慎的移動，像飄浮在黑夜中的不明飛行物體。真希望他們轉身就能變成蝙蝠俠和超人，對抗隱藏在人間的妖邪。美國電影中，無論情況多糟糕，到最後總有個神級人物出現，力挽狂瀾兼帶來新希望，我也但願如此。然而超人能頂得住衝進人群中的貨車嗎？保安朝我點點頭，揮一下手讓我過了。黑袖子牽起一陣黑風，他們同樣巨大的影子由深至淺的沒進展覽室的角落中。或許是照明系統的關係，感覺上，氣氛比以前疏冷。上一次來，那保安是白人，其實也不知道他是不是保安，肥肥的，鼓着大肚子，紅蘋果臉笑瞇瞇，很開心，愉快地說「哈囉」，似乎更適合扮聖誕老人。

美加邊境的海關官員更近乎焦慮。以前，笑一笑就過了關，這次來回遇上一男一女，都繃着臉，皺着眉頭，問好多古怪問題：「行李是你自己收拾的嗎？」當然是我自己，心想：難道我看上去像個要人幫忙打點旅行箱的人物？「有沒有人碰過你的行李？」這個很難說，一路上，經過這許多地方，又託運，但我也不笨，這肯定不是他們想要的答案，就說沒有。看過護照和回程機票，還問：「行李裏面有甚麼？」箱子裏不就是些衫褲鞋襪，安檢時都照得清清楚楚，真的有手槍，早就拔出來了。也難怪，近年恐怖分子時常襲擊執法人員，歐美都一樣。不過一份工，他們賺的也不算多，卻要以命相搏，誰都輕鬆不了。

多年前，在華盛頓的街頭，還能遇上典型的美式微笑：精神奕奕的中年婦女，正面看着我，眼睛睜得像鳥，又圓又亮，陽光沿着她臉上的笑紋開成一朵花，那勢頭似乎要給我一個熱呼呼的擁抱。我認識她嗎？想來想去都沒有一個這樣的朋友，笑容已跟我擦身而過，那份燦爛卻一直留在心中，連同當日明麗的天色。舊地重遊，景色依然，人們的笑容卻沒有了。站在甘迺迪表演中心的陽台上，遠眺層層綠樹後的水門，一架低飛的直升機在打轉，轉了好幾回，不知是演習，還是搜捕甚麼人物，螺旋槳的噪音來勢洶洶，讓我想起警匪片中的情節，再下去就是伸出一枝機關槍火拼。這氣氛教人待不下去，於是走了，去另一家博物館。接待處是一個白髮老太太，穿着牛仔布襯衣，臉上有種大時代過來的舒坦，掛着親切的微笑。她要給我們介紹展覽，探身到窗邊拿場刊，投進陽光中的臉忽然不見了五官，連遞過來的印刷品亦變成一張白紙。她回到暗影裏，我都不敢肯定她真的在笑，還是我眼花。

天氣也變，忽冷忽熱。抵達那天晚上還穿着樽領毛衣、薄羽絨外套；才幾天，地面就熱得冒煙。毒辣的太陽燒到身上，脱剩薄薄的棉布衫，仍是一身汗。當地的朋友説，北美的氣候複雜多樣，它跨越熱帶、溫帶、寒帶；山脈全是南北走向，海洋的濕潤空氣被大山阻擋，沒法調節內陸的氣溫。北冰洋的冷空氣可以經過中部平原南下，墨西哥灣的熱空氣亦隨時深入北部，故氣候很不穩定。但變化速度也快得離了譜吧？這冷暖氣流似乎是兩股勢力，你衝過來，我奔過去，天天在爭奪地盤。我一時把衣服全穿上身一時巴不得扔掉。頭一天晚上冷醒，過幾天路都曬熔了。街是不能逛的，唯有躲進博物館。幸好美國的博物館非常大，非常多；既有色彩奇麗的西方藝術，亦不缺古雅精緻的東方瓷器，甚至可以看看如何印鈔票、破解密碼。只要通過神情嚴肅的保安，就可把一切留在大門外，不管冷熱，也不管有甚麼塌下來了。

從多倫多回到紐約，熱得我以為自己是個吹脹了的汽球，身體緊緊地被汗濕的衣服綳住。臨行前，眾友相約於紐約時代廣場。本來說再不去趁這種墟，但到了墟，又忘記自己說過甚麼。上一次來是深夜，這次，是華燈初上。其實燈火日日夜夜都在，只是天色暗下來，又起了點風，衣衫輕輕飄拂，我不再是一個手腳腫脹的汽球了，就覺得一切份外的豔、份外的不可方物。迪士尼風格的警察局招牌閃着燦爛的藍光。大大小小的電子廣告板變換着色彩、畫面，俊男美女加上火辣辣的青春，匯聚了世間能有的華麗。我們先在咖啡店碰頭，人齊了，再去一家意大利餐廳吃晚飯。已經訂了位，仍是要等，人多得好像不要錢似的。餐廳進口擠滿顧客，站都不夠地方，他們還要先來一杯，拿着滿到瀉的啤酒在笑鬧、取樂。昨天，前面路段有一輛汽車衝進人群中，撞死了一個人，傷者不知有多少；今天，人們就想不起來了，或故意不想。有甚麼辦法，難道不出來玩嗎？坐在家裏於事無補，吃吃喝喝反而覺得日子還可以。侍應生把食物放到桌面，每一客的份量都巨如洗臉盆，誰見了都忍不住驚歎，都要拍照發上朋友圈。大家無論眼睛嘴巴到腦袋都被食物填滿。

離開餐廳，路上的人更多，放假的大學生、推着嬰兒車拖着小孩的家庭、手拉手的老人家、跟着小旗走的旅行團……各種各樣的語言，各種各樣的打扮，一浪接一浪，想不滲進其中亦不可能。經過一些大石墩，以前沒有的，有一塊石頭，應該就是昨天出事的位置，有人擺了些花，曬了一天，紅玫瑰軟軟蔫在石上像瘀血。人們經過，特別的安靜，也特別的守規矩，明顯地空出一個範圍，雖然有默哀的意思，但腳步沒有停下來，人太多也不可能停，唯有繼續往廣場奔去。那裏立着巨大的看台，人頭湧湧，有剛到要爬上時代的頂峰的，有待久了要下來換個角度拍照片的，你上我落，絡繹不絕，繽紛的衣衫移動如海潮。廣場上果然有蜘蛛俠和超人，乍見一驚，難道他們真的來保護弱小市民！遊客跑上前和他們合照，蜘蛛俠和超人親切地搭着他們的肩，跟着就伸手要錢。一個美女嫵媚地向我旁邊的男士一笑，體態撩人，看真了她只穿着三角褲，上衣是畫上去的。我們不敢多看，誰知道要不要付費？本不想上看台，但被人流推着走，我一步步就到了頂。到了頂，轉身往回看，只見這世界滿天滿地都是燈火，路上全是人，人山人海，一直綿延到遠方，遠到遠古，一浪接一浪，穿越無數天災人禍的縫隙，來到了今天。

苦與樂

苦

前南斯拉夫城市，老城邊沿的居民區，紅瓦頂小房之間豎着幾幢看來也是南斯拉夫時期的建築，風格分明就是要打破傳統，跟其他的不一樣。十幾層高的大樓外牆髹了白灰水，簡樸得來有點乏味，冷口冷面，像青春期過後的人，臉色越來越黯淡，又長出斑點。站在街上，聽到某單位的女人在罵小孩，聽不懂，是憑語調、急促的節奏和持續的時間推測的，夾雜着小孩不情不願的低聲回應。空氣中有洗衣粉、羅宋湯之類的氣味。年輕人抱着手，木然地靠在陽台上抽煙。路旁有幾個巨大的垃圾桶，跟所有歐洲城市一樣，以顏色分類。一個上年紀的男人提着垃圾袋橫過馬路，步履緩慢，平靜地把手裏的東西扔到其中一個桶裏。他既不前瞻也不回望，也沒理會我們這些站在路邊的外國人，扔完垃圾就轉身回去其中一幢大樓。住了幾十年的老居民，影子安靜地跟着他走，完全看不出這城市曾經被轟炸。不過二十幾年，一切就抹平了，好像甚麼都沒有發生。停車場有一窩初生的貓，五隻，剛睜開眼，還看不清這世界，在汽車的影裏黏結成一團，互相往彼此的身上擠，遠看以為是一隻蠕蠕扭動的大貓。旁邊的舊報紙上攤着些煮熟的通心粉，顯然是好心人送來的食物。原來貓也吃通心粉的，但牠們這麼小，怎吃？沒多久一隻瘦弱的麻花貓出現，彷彿走過兵荒馬亂，黃亮的眼睛當中擠出一條兇狠的黑線，警戒地打量着我們，忽然就放心了，一個淩空跳，消失在某個人家的園子裏。於是我明白，小貓和食物都是牠的。

一個穿白襯衣黑色三個骨褲的中年女子一直站在路邊，原來這就是房東。她體形高瘦，氣質近乎文職人員或老師，沒有化妝的臉上微帶笑意，以流利的英語歡迎我們。大家隨她走進一幢大樓，樓底很高，寬大的走廊裏光線幽暗，讓我想起七八十年代中國那些單位分配的房子。有一個住戶開門，看見我們又馬上關了，開關之間，只覺深處烏燈黑火影影綽綽，似乎有很多家具雜物，塞滿一輩子的回憶。升降機是罕見的木門。房東耐心地解釋，這種老式升降機必須插進鑰匙才能啟動。她邊說邊示範。即時，地底深處有一聲巨大而痛苦的呻吟，像墳墓裏的幽靈被喚醒，含糊地答應着：來了……來了……然後，電梯槽裏有金屬沉重的拉扯，咯咯咯咯的響，像散了架的骨頭強行湊合到一處，掙扎着、喘着氣上升，忽地「騰」的一聲，停了。房東拉開木門，裏面還有一層摺門，也是木造的，她以認真但又不令人驚恐的語氣說：「動作一定要慢，太快的話，門會卡住，升降機就不動了。」又說：「你們放心，這升降機看來很舊，但那個年代的機器非常結實，一直運作良好，從來沒出過問題。」她信心滿滿的，我們唯有隨她走進另一個時代。裏面四壁全是木板，空間僅能容納四五個人，還不能是胖子。大家棲身於這小小的空間，肩碰肩的站着，無人想到萬一升降機不動的時候該怎麼辦，也沒問求救按鈕在甚麼位置。房東拉上木門，啟動了，又是一聲巨響。我近距離地凝視門板上許多有意或無意遺落的痕跡：被物件刮出來的凌亂線條、蚊子血或誰的血、口香糖的殘跡、心型圖案、綠色氈筆稚拙地寫上——what is life without pain...

誰寫的？不會是遊客，從這幾幢大樓的格局和居民的面貌來看，這不是遊客出入的地方。即使有，像我們，心情都非常好，忙着到處跑，才沒功夫在升降機裏亂塗。這麼舊的木板，不更換也該翻漆，看來是沒人理，隨着制度的改變，事情都不知歸誰管，住戶不肯或無力出資維修公共空間，才會保留這樣的電梯。英文也不是這些居民的母語，不過有可能是為了不想別人看明白，故意用英文寫的，或許是個仍在唸書的學生，說不定就是房東的手筆——她從小在這裏進進出出，有些甚麼令她受不了。後來形勢改變，甚麼都改變了；或許她長大了、結了婚、買了新的房子；或許她掉了工作、失去勢力……諸如此類，反正「冇王管」就把舊單位經營民宿。

我被民宿網站一幀照片吸引，那構圖讓我想起馬蒂斯的畫：閒靜的日午，大開的窗子佔據畫面的主要部分，外面有碧藍的天，鬱綠的山下白牆紅瓦的小房子燦爛如花，波光瀲灧的水面浮着小船，山外有山，水外又有水，而近處是一張床，鋪滿溫暖的陽光。躺在這床上看風景是多麼的寫意，我毫不猶豫就訂下這兩室一廳的單位。隨着房東到了現場，開了門，穿過走廊，我馬上看到房間裏迷人的窗子。這倒沒騙人，只是沒料到窗子是在這樣的大樓之內。看得出屋裏剛髹過油漆，家具雖然舊，從款式和質料推斷曾經是高檔的。無敵海景單位帶點小資情調，櫃子裏的擺設顯示主人也喝酒，也吃甜點，好日子是誰都會經營的。歲月的光澤靜淡地貼在地板和瓷磚上，像一把用鈍了的刀，但沒崩沒缺。八十年代流行的圓角煤氣爐擦得非常乾淨，格子抹布掛在烤箱的把手上，老冰箱內放着啤酒汽水，浴室有笨重而結實的蓮蓬頭。借用房東的評語：那個年代的機器非常結實，一直運作良好，從來沒出過問題，似乎都是真的。物件沒有問題，只是這世界出問題了，不知主人如何呵護着這一切去穿越一場被圍困七個月的戰爭。

黃昏，將暗未暗，我們把陽台的門打開，享用着這個投入民宿沒多久、坦誠地展示某種生活的空間，在鋪了桌布的餐枱上擺好顏色配成一套的食具，開了酒，在變幻無窮的夜色裏向亞德里亞海舉杯。旅遊網站有人說：誰要在這地球上尋找天堂就到這裏來。而這時就傳來升降機的聲音，在很深很遠的地方，把幾十年間發生的事，壓縮成一聲呻吟。

樂

夜涼如水。

星期二，我們在這個地方的最後一夜。住在老城中心的二樓，打開窗，眺望這個石器時代就有人居住的地方。濃稠的夜色裏，不同的征戰之後，羅馬帝國、拜占庭、威尼斯、匈牙利、土耳其、奧地利、法國、意大利在此留下重重疊疊的影子，一片幽深，如山如谷，塔樓與神廟的尖頂就是巔峰和懸崖。偶然有微小的黑點飛過，不知是蚊子、鳥還是蝙蝠，一個來回就橫跨千幾年。

窗下是一條小街，這時只有歌聲。十一時半，熱情奔放的歌聲跟含蓄的敲鐘糾纏在一起，這麼輕，又這麼重。敲鐘停了，歌聲掙脫金屬沉重的撞擊，絲帶那樣飛進空曠的夜裏，滑溜溜，甚麼都擋不住。遊人漸疏，偶然飄來一個影子，在路燈下變長又變短，終於一切寂然不動。但歌聲仍在，歌者自己唱自己的，也不在乎有沒有人聽，或干擾了誰。聽不懂他唱甚麼，或許他站在黯舊的古蹟之間或許像我一樣佇立窗前，聲音火苗似的一閃一閃，就是不想熄滅。歌聲繼續，生命繼續，歌唱的慾望跟心跳一樣不能抑止。

不知甚麼時候我睡着了。半夜醒來，很安靜，窗仍開着，我過去看一眼，祥和的街道，空氣清涼如海水，滿月灑落一地銀光，澄明透徹。陌生的城市，但我又彷彿很熟悉，腦中空白一片，乾乾淨淨的沒有丁點雜念，日間所思所想此時完全沒有立足之地，都無謂。三點半，敲鐘，不快不慢不深沉不浮淺的一聲「噹」——恰恰應合了半夜無遮無掩赤裸裸的內心回響。街上貓也沒一隻，百獸安養生息，靜靜的呼氣、吸氣。

隔天到另一個地方，地圖上看似乎很遠，誰料一陣子就到了。沿着海灣走，兩旁種滿樹，穿過微微搖晃的樹影，遠山近水，波光粼粼，竟有點在舊青山公路遊蕩的感覺，某些角度又像去了兒時的銀礦灣，或八十年代的貝澳和長沙海灘。到了一個小山城，汽車導航儀顯示目的地已抵達，可是繞來繞去都找不到投宿的地點。街道窄小，拐彎抹角，上山落斜好難走，稍為偏差就會撞上停在路邊的車。大家一顆心懸在半空，問人，又講不通，正七上八下的，就卡在一條小巷裏，進不得退不得，不知如何是好。正惶然，一個臉帶微笑的年輕女子出現，她白衣飄飄的站在擋風玻璃前，像個天使，張開雙手指示我們往左挪一點或往右靠一點，逐分逐寸的移動。掙扎了半天，終於通過，我們才敢透一口大氣。以為這個女子是房東，特別跑來幫我們脫險的，誰料只是個好心的過路人，跟我們揮揮手，轉身離去。我們在路上蠕蠕而行，搞不懂是導航儀失靈還是地址有錯誤，都懵了。忽然路旁跑出一個背心短褲腳踏拖鞋的男人，嘰哩呱啦的不知在說甚麼，用心聽，原來他講的是英語，意思是給我們帶路，跟着老實不客氣地自己拉開車門擠進來，也不想想他熱烘烘黏呼呼一身大汗像個剛出鍋的燒餅。

原來這個才是房東，在大太陽下到處找我們，可能全村都知道有幾個東方人迷了路。到了他家，沒想到是一幢靠山的花園洋房。房東住樓上，旁邊另有樓梯進出。我們住樓下，面對花園，套房設備齊全，柔軟的毛巾香噴噴，被褥整潔，牆上掛了風景照片。屋裏悶熱，我們坐在園子裏休息。房東不停地摘水果給我們吃，捧來一大堆無花果、梨子，甚至有幾個檸檬。他背上汗濕一片，還搬梯子去剪葡萄，又向樓上大叫，片刻之後，不同年紀的小孩捧着蛋糕、汽水、啤酒陸續送來，三皇來朝的陣勢，弄得我們手足無措。每人一份磚頭那麼厚的巧克力奶油蛋糕，怎吃得下？房東得意地說，女兒明天出嫁，家裏弄了很多蛋糕，除了這個還有別的味道。

怪不得他眉開眼笑喜氣洋洋。看着滿桌食物，我們都傻了。

嫁女肯定忙不過來，還招房客？雖然我們在園子裏自成一國，並不妨礙他們的婚禮，但賓客經過仍是看得見的，此情此景出現幾個東方人似乎有點不協調。可是房東非常高興，並不覺得我們耽誤了甚麼，走來走去，滿頭大汗，濕黏黏的頭髮蛇那樣掛在前額。樓上不停的有人進出，他左一個招呼右一個微笑，又過來關照一下。我們一路尋尋覓覓，很累，只想洗澡睡覺，但滿桌食物，不吃又不好意思，就含糊地應付着。我看着這個中年男子，他的臉在落日餘暉中油閃閃，透明的灰色眼睛淺淡的，好像甚麼記錄都沒有，好像一直都如此快樂。

第二天上午，我們在一片吵嚷中醒來。其實整晚都有聲音，全屋人滿心歡喜地等待着盛大的明天，壓抑着的心花怒放，企圖放輕的腳步不停地從屋的這一頭走到另一頭。可以想像，到處擺着不同味道和顏色的蛋糕、糖果、點心，誰餓了誰吃；當然，不餓也可以吃。如果沒有麵包，你們就吃蛋糕。果然真的有這樣的日子，那些小孩又怎會睡得穩。

跑出去一看，從大門口到山腳全是車。路很窄，群車左讓右避找停泊位置，斜路得踩着油門前進，車門逐一開了又關上，噪音可想而知。但人聲也不弱，打扮漂亮的年輕人興奮地打招呼、互相擁抱。為首一個應該是新郎，穿深灰色西服，打領帶，擔着紅色大旗，帶着一群人浩浩蕩蕩的往這邊走來。樓上當然已準備迎接，天花板上全是雜亂的腳步聲。快到大門，伴郎中有人往天開一槍。「呯」的一聲巨響，像開跑儀式，但機槍看來是假的，一板就散了，分成幾塊掉在地上。婚禮還未開始就有東西散掉，中國人看來似乎不是好兆頭，但他們毫不在意，哄然大笑，幾個人分頭去撿拾手槍碎片。接着樓上結結實實地回應一槍，有如燒炮仗，彼落此起。聽勢頭，應是新娘佔上風，或許這槍就是她老爸放的。不知這是塞爾維亞人的傳統，還是年輕人的時髦玩意。很自然，我聯想到薩拉熱窩那場由婚禮而展開的戰爭，婚禮中，塞爾維亞人的賓客高調地揮動大旗在市中心前進，被穆斯林襲擊，新郎的父親身亡，於是塞族武裝和政府軍正式開始了火併，其後的圍城，其後的屠殺……

如今，槍聲過後，兩隊人馬嘻嘻哈哈的匯合。一個穿白襯衣、灰長褲的紳士向我們揮手。他體形修長，梳理過的頭髮貼貼服服，皮鞋鋥亮，神氣得像個總統。我們不知他是誰，禮貌地回應。後來我感到有點不對，認真地研究一下那雙眼睛，這不就是昨天那個穿汗衣短褲的房東嗎？

像所有的婚禮，應該是快樂的，即使我們聽不懂也感覺到。兩家人的情緒越來越高漲，說着他們的語言，播着他們的音樂，根本就忘了我們的存在。路上全是車，我們無法出去。盤算着今天的路程，不禁有點心焦。忽然鬧哄哄的人全跑出來了，魚貫地上車。我見「總統」走在最後，剛好抓住他。他笑嘻嘻地說大家要去教堂。

「那甚麼時候回來？如何把鑰匙還給你？」

「噢！你隨時都可以離開，把鑰匙插在門上就行了。」他哈哈笑：「不用擔心，這裏沒有黑手黨的，大家都認識，誰不知道誰！」說着往其中一輛車跑去。

沒有戰爭，沒有恐怖分子，沒有黑手黨，甚至沒有賊的地方，還不是天堂？

人與神

人

推開房門，地板上的晨光一塊塊，不規則的四處散落，在還未亮燈的廳裏金箔似的光閃閃。

睡了幾晚榻榻米，醒來覺得身體像塊木板，腰背手腳都有點僵硬。幸好這個和式屋也有西式的餐桌和靠背椅。我伸展一下肢體，泡了茶，很自然的過去坐下來找回自己慣常的姿勢。

向街那邊有一排日式紙窗，像盞巨大的燈，估計外面的陽光相當猛烈，空氣中有點烤果仁的味道。

我喝茶，翻看資料計劃今天的行程，就在這時，整座房子晃了一下。只一下，還來不及細察，又安定下來。真的晃了一下嗎？我還未睡醒？我發暈？或是有大卡車在門外經過震盪了路面？

我定睛注視杯子裏的茶，茶紋風不動，瞪着我。

外面很安靜。沒有甚麼車的居民區，三幾層的小房子沿斜坡一直排上去，高處一道橫向的欄杆把路截住了，後面不知是公園還是更多的房子。路很窄，小車對行要避讓，大卡車應該不會上來。

這疑幻疑真的暈眩讓我以為自己踩在一頭巨獸之上。

想起一個留日唸博士的女生說：「早習慣了，沒甚麼的，偶然震幾下我們都不當一回事。」

可是我不習慣，就像我不習慣住和屋，手手腳腳不知往哪裏放，站起來不想坐下去，坐下了又不想站起來，浴缸底部低過地面，水龍頭安裝在一個奇特的位置，不知該彎腰還是跪下來洗手。

所有住處都貼有「避難所」或「避難守則」這些字眼提醒人。真奇怪，彷彿沒有一個角落是安全的，叫人再得意也不要太高興了，隨時出狀況；也好像說這地是活的，跟我們一樣的呼吸、打噴嚏、咳嗽……靜止的時候不過是睡着了，醒來大家就暫時迴避。

新宿的輕輕一晃，讓我心神不定。跑到中心區，這麼多高樓大廈。雖說日本的建築都有特殊的防震結構，仍是難以想像密集如叢林的鋼筋水泥柱狀物像竹子般搖動而不倒。住在這區本是貪圖方便，下機即有快線直達，又是主要的交通樞紐，是最多地下車、鐵路、公車的轉乘站，對我們這種想跑遍關東關西的遊客來說，解決不少路線問題。哪曉得當年關東大地震淺草和銀座一帶災情慘重，新宿這邊的地層已經算「結實」，才會有今天的發展。上世紀六十年代之後，這個東京市郊漸漸成為商業重鎮和政府行政中心，設計前衛的大樓一幢比一幢高，不同形狀的玻璃幕牆各自反映各自的陰雨陽光。

到埗那天我們有點興奮，渾然不覺疲累，下着小雨，吃過晚飯還跑去都廳看夜景。下了班的商業中心，寬大的街上空寂無人，像夜深的金鐘和中環，只有滿地被雨水溶化了的霓紅燈，隨着我們腳步的過去而抖動。真不相信這麼寂寥的景況下都廳南門入口竟然還有人在排隊，穿着制服的守衛笑容滿臉的迎接我們，安慰我們不用焦急，聊望台一直開到十一點。升降機是極速的，一下子就到了四十五層。原以為東京地勢平坦，樓房不算高，有香港和紐約的燈火在前，這裏又能閃耀得多厲害。然而東京有東京的特質，大概下了點雨，燈光亦是乾乾淨淨的，在黑而濕的天幕下，點點熒光鋪天蓋地的展開，日式的，水鑽那樣安安靜靜，疏密有致，沒有燒紅了天，亦不至於燦爛到目為之眩。它既亮麗，又把持得恰到好處，讓烏雲密佈的夜疊出絨布般的沉厚；讓房子，歸於房子；而路，歸於路；如果還有星星，就歸於星空。

從都廳下來，我們本想尋找地鐵站，東張西望，往燈火闌珊處去，不知不覺就走遠了。日本人似乎真的很晚仍不回家。路口有一個商場，不知甚麼店開幕，大門有一個穿短裙的美少女手中拿着彩色汽球，不停地向路人說些甚麼。年輕的臉上有日本人的固定表情，語氣輕柔愉快，甚麼呢甚麼呢的呢喃着，儘管沒有人聽她的，全都跑到斑馬線前準備過馬路。進口上層，就在她的頭上，整塊牆都是透明的，一個白光燦燦被玻璃密封的空間，站着好幾個年輕男子，都穿着黑色西服，低着頭，或看手機或看平板，一邊靜靜的抽煙。煙霧使玻璃有點迷糊，浮在穿白色T恤的美少女頭上，彷彿也是她的一部分，在展示她腦子裏的奇思妙想。

路邊有吸煙區，幾個人圍着煙灰缸，默默的抽着，原來室外地方是不能隨便抽煙的，反而在室內可以，跟很多國家的規矩不一樣。轉進一條小街，沒想到還有這麼多人。一路都是居酒屋，門前擺着各種圖片以作招徠，做串燒的、關東煮、海鮮料理、鄉土料理、拉麵、牛肉飯……非常熱鬧。已經入秋但天氣不冷，店門是大開的，雖然垂着布帘或大燈籠，仍是看到裏面的客人，各種年齡打扮的男男女女。小小的店，大家圍着廚師而坐，彼此挨着吃喝，這麼親密，擠得沒有空間再讓人插身其中。烤肉串燒弄得煙煙火火，滾滾水氣瀰漫，他們還在裏面抽煙，煙得瞇起眼，不抽煙的人也不介意，都微微笑着。

這麼開心，似乎每個人都看透了，地震又怎樣？一切夢幻泡影，原就是為了此時此刻，你我同歡，莫要虛度一分一秒。

擠不進來的人好可憐啊！

神

剛到那天，大家各自進房放下行李收拾一番。朋友忽然衝出來，有點臉青唇白，說裏面有個人形物體，臉向牆，頭上蓋着一塊紅布，不知是甚麼意思。從沒住過和屋，我也不知，訂房時網上的照片並無交代室內陳設。我房間裏甚麼也沒有，找不到櫃子，攤開了滿地零碎東西都不知如何安放。正忙着，沒心情過去隔壁研究別的問題，我隨口說：「有可能是個神，反正不要打擾祂就是了。」她說有個神在旁邊怪怪的，她不敢換衣服，那意思就是神打擾了她了。

到處都是神，各種各樣的神和神社。有天走進箱根的深山老林，無意中發現一個古寺。一路上，石階滿佈青苔，似乎好久無人來訪，但每隔若干距離又有些小小的神像，單個或成排，石色斑駁，綁着一塊紅布，或繫於頭上，或結在身上，都鮮豔得像剛放上去的，陰森樹影中看來甚為詭異。

京都的稻荷神社自古以來就非常靈驗，整個稻荷山都被視為神的領域。從山下遠眺，一組紅得發亮的建築群浮在翠綠的樹叢中。旁邊的鳥居初見不覺特別，就像個門樓，兩根柱子架起牌匾，原來只是第一個。走進去，還緊貼着第二個第三個，層層疊疊的鳥居組成無盡的長廊，依山勢而上，是前來許願的人捐款建造的，以個人名義或是商會組織。神社在一四九九年重建，隨着時間，積累下來的鳥居數量驚人。開頭柱子與柱子之間還有點距離，不致於感到壓迫，到了密集處竟窄得連貓狗都過不去，更別說人了，只能一直走，往上或往下。一重重連接不斷的樑柱，正面看是橙紅色，回頭看每根柱子的背面都寫了字。墨色渾厚的筆畫像符咒，沒完沒了的套住人，眾生忙忙亂亂的往來其中，身不由己的上上落落。走了個多小時，上到半山，仍看不見盡頭，我們都快瘋了。這神實在高不可攀。時近中午，我們已有餓意，再沒力氣往上爬，即使峰頂是天堂也沒辦法了，只能轉身下山，回到滾滾紅塵裏去。

鐮倉大佛令人肅然起敬。佛相莊嚴，這麼高，這麼大，本來在廟宇之內，可是一次海嘯之後，廟宇沖走了，只留下佛。我站在台階上，可以想像大佛穩坐其中的建築曾經多麼宏偉。而一剎那，巨浪衝上天，扯下沉濁的烏雲橫掃地面，黑風惡浪中大佛冷眼旁觀。災難過後，整個世界都沒了，但還有這個佛，在重新露臉的太陽中慈光輝閃。可以體會倖存者的心情，這佛不用說就是神了，只有神才鬥得過妖魔。

三十三間堂則凝聚了最大力量。中國有五百羅漢，這裏有一千零一個千手觀音。古老的觀音堂只是一座長形建築物，一幢樸素的大屋，單層，內外都沒有華麗的裝飾。唯一的空間，此門進去走到底從彼門出來。或許為了保護藝術品，廳內光線幽暗，我以為自己沒有摘下太陽眼鏡，一摸已經擱在頭上。中間一個巨大的觀音快碰到屋脊，左右兩邊幾重台階各排開五百個人身高的。一千零一個千手觀音的手在空中揮舞，我以為地又震了。但一千零一個觀音聯手，天跌下來都撐得住了。

有些神的頭部是狗或動物，不知是保佑誰的。精靈和人物之外，連樹，都有如神樹。那些不知多少年的老樹，佇立在神社、皇宮、寺廟或深山之中，積存了天地之氣，穿越無數的天災人禍，都各有風姿，透着非凡的氣質。好多烏鴉，像神樹的僕從，成天在林中撲來撲去，一邊吖吖的大聲答應着。明治神宮中的樹修整得渾穆端莊，似乎抖些葉子下來，搖身一變就是滿地的隱者武士。衣衫亮麗的僧人走在林中，反而像蝴蝶。東照宮那些矗立的巨木彷彿一直長到天上，與天相通。而我印象最深刻的，是遊行寺裏的一棵銀杏。

我們在篠沢散步，無意中發現遊行寺，順道一遊。打算離開時，看到院裏有一棵綠茸茸的大樹，不算高，但非常闊大，樹幹幾個人都抱不住，紋理蒼蒼，枝葉蔓生，葉子卻是碧青的，無限生機籠罩了整片空地。此行不知見過多少大樹，但這棵老銀杏有種莫名的吸引力，非常親切，教人不由自主的走過去。我坐在樹下，覺得這樹是有氣息的，呼吸吐納應接着宇宙的深處，靜靜的運行，讓人感到前所未有的安寧。我忽然就不想走了。天色漸暗，剛才站在寺門前還擔心快關門了不想進來，此時竟無所畏懼。

與神同在，大概就是這樣吧？心裏欣欣然，忘了這是個陌生的地方。

旁邊有一個牌子，日文的，混雜着漢字，我半懂半不懂的讀着，也有點明白。這是一棵境內最大的巨木，曾經被颶風摧折，又救回來。測不出樹齡，估計有六百五十至七百年，中國原產，日本人渡來此地。遊行寺則建於一三二五年。

怪不得，原來是個老祖宗。

易齡18

除夕之前，手機忽然上傳很多年輕的臉孔，照片的顏色有些黯淡有些朦朧，估計是從舊照翻拍的。相交多年的老朋友當然認得出，現實中我們有來往，而過去的他們跟過去的我在記憶中也有來往；可是有些人我揣摩半天都不知道是誰，看名字還以為他們用了別人的照片開玩笑。熱鬧了幾天，終於有人解釋：二〇一七年十二月三十一日，最後一批「九〇」後度過生日，跟着就是「〇〇」後粉墨登場，從法律上看他們是成年了。噢！原來如此。原來除夕之後，千禧年出生的人都足十八歲了。時間實在過得太快，不知不覺，「一九」年份出生的人都帶點古早味兒了。

因為這樣，大家紛紛想起自己的十八歲，把過去翻出來共享？的確，人人都有十八歲，一樣的青春無敵，各有各的精彩。這麼高興，也提醒了我，但竟然搜不到十八歲的舊照。自從用了數碼照相機，照片都在電腦中，之前的不知擱在何處。回想起來，那段日子其實相當平淡，無非就是上課、下課，為升學煩惱。煩惱的原因並非成績不好，而是不同意父親要我努力的方向。我已經有自己的想法，對工商管理、會計之類的科目一點興趣也沒有，忍不住與他爭論，因此時常被教訓，多方制裁，課外活動都不准參加，外出旅行更不用提了，圖書館借來的小說都要躲着看。但有一件事卻非常深刻，這一年的中秋節，他竟然准許我去同學家，不曉得他終於心軟還是終於放棄我了。可以出去玩，我當然高興，像困在籠子裏的鳥放飛一樣。同學住在港島南面的石澳，夜了，沒有車回家，原來大家根本就不打算回去的。我沒預算這樣，心裏不怎麼踏實，有點憂慮明天不知會出甚麼狀況。

石澳的海灘很美，我們遊玩了整個下午，然後上同學家賞月。那是一幢兩層的石屋，在海灘旁邊，頂層是個無遮無掩的平台，擺了些木桌木椅、晾衣架等雜物，還掛了燈籠。幾個女孩在一起，無心睡眠，在天台吃吃喝喝，聊個通宵。海風鹹鹹的，剛才我們漫步的沙灘在月色下像個銀白的雪野，海上無浪，卻有浪的聲音，綿長地爬上岸邊，又綿長地回落。到東方略現曙色，我有點累了，腦袋開始管不住嘴巴，悶在心底的情緒自行組織句子隨意發揮。站在天台邊緣，看着漸遠的星辰，我忽然說：「做人其實沒甚麼意思⋯⋯」同學在後面大喝一聲：「喂！你不要跳下去呀！」其他人笑得翻倒，我沒趣地瞪她們一眼，往下望，種在大門邊的植物伸手可及，心想，即使跳下去也不會死。

這樣的十八歲，真沒甚麼好說的，跟巴黎名媛成人禮舞會比較更是蒼白得像一張紙，都不用去翻了。所謂成人禮舞會，本是英國皇室的傳統，打扮高雅的適齡貴族少女被帶到女皇面前，正式進入上流社會的成人世界，藉着盛大的舞會，覓得門當戶對的夫婿。法國大革命時期不少貴族流亡英國，對這種舞會甚為激賞，回到法國之後仿效，是末代皇親國戚維繫他們圈子的盛會，直至一九六八年學生運動才停止。一九九二年，巴黎的克利翁酒店重新承辦，但性質改變了，不再由皇室主持，而是法國各大時尚名牌和克利翁酒店組成委員會，邀請出身名門兼具獨特氣質的少女參加，免費提供華衣美服、珠寶首飾、住宿和各種舞會所需，每年的感恩節之後在金碧輝煌的克利翁酒店舉行。最初大會只甄選歐美的佳麗，後來加入其他國家的，近年中國和香港的美少女亦被邀請。舞會成為全世界的報刊雜誌和電視的頭條新聞，借此為慈善機構籌款，同時推廣令人目眩神迷的法式經典。雖説這是世上唯一不能以財力進場的成人禮舞會，然而細看歷年入選的少女名單，何嘗不是一個權力與金錢的結構。

然而青春也不需要高貴的禮服、華麗的首飾才能發揮魅力。我記得，我的小姨十八歲的時候，我十歲，雖然講不清她眼睛鼻子哪個部分長得好，就是覺得她漂亮。太平盛世出生的她，是家中最小的孩子，沒有香港淪陷日本人手中三年零八個月的經歷，也沒逃過難，不似她的姐姐們臉上帶一股惶惶然的堅毅、準備刻苦耐勞的面對人生。無人逼她該這樣或那樣，毫無壓力的成長，適逢金風玉露，花兒綻開，任何角度看去都賞心悅目，溫如春水，風過處盡是季節的秘密信息。她已經在社會工作了，懂得修飾打扮，即使襯衣長褲亦滿溢生命的愉悅，隨時會來幾步阿哥哥似的。每次她來探望我們，我都跑到店門前去等，我喜歡看見街上的人目不轉睛的注視她，而她，是我的阿姨。有一次，不知她要去甚麼場合，竟然穿著一件黑色的旗袍。我老遠就瞄到她，滿街的紅橙黃綠煞然間退到深處，不同層次的明灰暗都調動起來，乾濕焦淡的聚到她身上成了一點濃墨。有個警察與她擦身而過，忽然站住了，回過頭來，中了魔法一樣，呆在街心只顧着看她。她讓我對十八歲有無限的憧憬，好想快快長大，擁有一種神奇的能力，投入一個多采多姿的世界。她在工展會當攤位小姐時簡直光芒四射，我以為她會被星探發現，跟着去拍電影。可是，日子一天天的過去，甚麼都沒有發生。二十六歲那年，她嫁給一個普通的男子，不知為何，我很沒勁，彷彿一個故事還沒開始就結束了。婚禮照片中，穿金戴銀的阿姨臉容幸福，我卻站得遠遠的，在一眾親友的後排，只露出一張臉，木口木面，毫無笑容，似乎想偷偷溜走。那年，我十八歲。

十八歲也可以是寂寞的，一個人，守着一家老店。有年我跟攝影團體去元陽拍哈尼梯田，住在大山裏的小鎮。大家半夜起床拍日出，午後人人都要回旅館補一覺。我睡不着，到街上走走，整個小鎮卻睡着了。日光日白，路上無人無車，有幾家店開着門，賣鞋或雜貨或日用品之類的，店員伏在櫃枱上，有人進來，他或她就懵懵然的抬頭望一眼，在夢與醒之間載浮載沉。我不好意思打擾，見對面有家服裝店，一個彝族打扮的女子在門口踱來踱去哄懷裏的嬰孩，就進去了。她一手抱孩子，一手東翻西掀的介紹，說衣服都是手工做的，可以隨便試。我喜歡手工製品，於是穿試起來，她就坐到一旁奶孩子。我選了一件墨綠色滾黑邊的上衣，付錢的時候，近距離看，才發現她非常的年輕，自己像個孩子，怎麼就抱個孩子呢？問她幾歲，十八。看見我驚訝的神色，她有點靦腆的一笑，緊繃的皮膚在陽光裏閃得像頭飾上的白銀。她說丈夫在城裏工作，她跟婆婆一起經營小店，正聊着，在後面睡午覺的婆婆被我們吵醒了，從一堆布中爬出來。她也不老，三四十歲左右，不會説漢語，一直笑着，口中一顆銀牙隨着她的表情或亮或暗，見媳婦忙生意趕快抱走她手中的嬰兒。或許，婆婆的十八歲，也是在這店裏過的。午後我隨大隊出去，黃昏回來，起霧了，又濕又冷，滿山雲煙湧動，白茫茫一片甚麼都看不分明，街道樓房全被吞沒了，更覺天大地大、宇宙洪荒。我怎分得清東南西北？朦朧中，只見她一個人蹲在店門口生火盆子，垂着頭，一下一下的撥動着炭火，跟迷霧鬥爭似的。遠看一點猩紅的光在耀動，彷彿天地間一顆鮮活的心。因為這點光，街道尋回它的經緯線，我也找到酒店的位置。

也想起從日光坐火車回去東京。日光風景好，看了幾天的神社和瀑布之後，我意猶未盡，於是不選擇新幹線，改乘本地小火車，以為這樣能觀賞沿途美景。沒想到小火車走得這麼慢，吃過午飯上車，細看行程表，要停幾十站，經過很多小城小鎮，還要轉四次車，全程得耗上四、五個小時。看着天色慢慢暗下來，沒甚麼好看了，我有點不耐煩，開始埋怨自己，覺得這是一個錯誤的選擇。途中，有個學生上車，穿着白襯衣、灰長褲，但身量很高了，該有十七、八歲。他剛好坐在我對面，完全在我的視線範圍之內，不是我故意觀察他的。他像所有年輕人一樣，坐下來之後就開始玩手機。他右手拿手機，左手卻只有一隻大拇指，而且出奇的大，手掌部分窄細的，沒有其他手指，看上去與萎縮的前臂連成一條直線，遠觀雙手一長一短缺了一掌。這應該是先天的，不是甚麼意外造成的。他低着頭，專注地玩手機，沒事人一樣。他怎會不清楚自己與別人的分別，所有需要一雙手進行的活動，譬如拿刀叉、縛鞋帶，大概他都做不來。但日本人很有修養，這麼多乘客上車下車，就是沒有人打量他一眼，或盯住他的左手，真的當他沒事人。我也不好意思看，但坐在他的對面，眼睛不知該朝哪裏望，故意扭着頭，時間長了脖子痛，也不自然，唯有裝睡。睡又睡不着，眼睛閉了一會兒自動睜開，又看到他，和他的手。他淡淡定定，左手唯一的指在手機屏幕上掃來掃去，自得其樂，根本沒理會周遭的人。天已經齊黑了，火車搖呀搖，沒有終站似的。我有甚麼好怨？忽然醒起，我也有手機，雖然沒有網絡沒有遊戲，但可以整理照片，於是把手機拿出來。就這樣，在火車上，我們各自埋頭各自的手機，搖搖晃晃地奔向未來。

一月一號了，千禧年後十八歲的第一天，我收到一位帥哥的照片和他的微信：我是某某，揚州人，八歲的時候離開祖家去了香港，十五歲進了理髮店學剪頭髮，十八歲大紅大紫，跟着有樓有車有自己的髮型屋，但一場金融風暴又讓我回去原點。二〇〇三年的非典令香港的經濟一潭死水，理髮行業更差，我去了深圳北漂，沒樓沒車從頭來過。後來買了部小麵包車，雖然沒樓但也過得逍遙自在，記住別放棄自己，萬事皆有可能……